古都に吠える

——地方紙奮闘

古京 遥

青垣出版

目次

装幀／江森　恵子
〈クリエイティブ・コンセプト〉

乃公出《だいこう》でずんば

やわらかな晩秋の日差しに、湖岸の紅葉は赤く照り映え、ダム湖は満々と水を湛えていた。

ここは近畿の屋根といわれる、大台ケ原山系の山懐にいだかれた奈良県の奥吉野――。年間降雨量が日本一の山岳地帯を水源にして、国や県が数百億円もの巨費を投入して建設を進めていた大規模な重力式ダムが、計画されてから二十年余りの歳月を経てようやく完成し、この日、喜びの祝賀式を迎えた。

ダムを管理する職員や車で見学に訪れる人々のための駐車場となる広場に、この日は紅白の幔幕《まんまく》が張り巡らされ、式典に参加する県内各界の来賓や地元関係者らのために細長いテーブルやいすが既に用意されていた。テーブルは会場の奥中央に設けた演台に向かって縦三列に並べられ、両側に向かい合うような格好で鉄パイプの折り畳みいすが置かれている。

大和日報の芝崎賢三は、地元の新聞社の社長として祝賀式に招待されたが、午前十一時の開始時刻より一時間以上も前に黒塗りの大型乗用車で早々とやって来た。

そして、車から降りると、祝賀会場から少し離れた堰堤の展望台に上り、金縁の眼鏡の奥で両目を時折瞬《しばた》きながら青々とした湖面を眺めていた。

愛用の茶のソフト帽を目深にかぶり、グ

レーの背広をゆったりと着込んだ芝崎は、小太りで背丈は低く、傍目には風采の上がらぬ田舎紳士の如く映った。

　だが、地味な外見とは全く裏腹に、芝崎は旺盛な権力欲と闘争心の持ち主で、根性も筋金入りだった。

　芝崎が、戦後間もなく創刊された大和日報の三代目の社長に就任したのは六年前で、国民を熱狂させた東京オリンピックが開催された昭和三十九年の秋だった。年齢は数えで五十。実業家として円熟期を迎えようとしていた。

　大和日報は朝刊だけの日刊紙である。

　八ページ建ての紙面は、一面が県政を中心にした県内の行政記事、二、三面は通信社から配信された国内の主要な出来事や経済記事、中の四、五面は小、中学生を対象にした教育欄のほか、郷土史家や学者の寄稿や読者の投稿による短歌や俳句、婦人向けの暮らしに関する記事などを曜日を決めて特集していた。

　続く六面は市町村の話題、七面は社会面で県内で発生した事件や事故を報じ、最終の八面はラジオ・テレビ番組と片隅に春日道人《かすがどうじん》による十二支の占いを掲載していた。新聞定価は月極めが四百五十円、駅の売店での一部売りが十五円だった。

　奈良市の国鉄奈良駅近くにある本社は、古びた鉄骨造り二階建ての建物で、裏手にトタン屋根の印刷工場が併設されていた。

　また、国内ニュースの配信を受けている通信社の支局が同居し、社屋の二階の片隅に設けた小さな部屋を使っていた。

本社には新聞の編集・整理・印刷などの制作部門、広告・販売の営業部門、そして総務・社長室があり、八十人ほどの社員が働いていた。

支社は東京と大阪にあり、東京は銀座、大阪は心斎橋のともに路地裏の小さなビルの一室を間借りし、広告代理店回りの男性の営業マン二人と事務の若い女の子がそれぞれ詰めていた。

折りしも、日本は高度経済成長期を迎えていたが、時代の波は、千三百年の歴史を留めた悠久《ゆうきゅう》の古都、奈良にも容赦なく押し寄せ、青垣《あおがき》の山々を挟んで隣り合った商都大阪のベッドタウンとして、奈良市の西郊地域を中心に宅地開発が急ピッチで進められていた。

由緒ある古刹《こさつ》の堂塔伽藍が点在する、大和平野ののどかな田園風景は次第に影を潜め、人口の増加率が全国屈指となるなかで、九十万人を超えたばかりの県の人口は、数年後には百万人の大台を突破しそうな勢いだった。

伸長著しい県勢を背景にして、大阪を拠点とした大手の全国紙は増ページを行い、一ページだった地方版を見開きの二ページに拡大した。

また、カラー写真やカラー広告の掲載など紙面のカラー化も図り、新規の読者開拓へしのぎを削っていた。

地元紙の大和日報は、貧乏所帯に喘《あえ》ぐなかで蚊帳《かや》の外に置かれていたが、全国紙の攻勢を手を拱《こまね》いて見ているわけにはいかず、数年前に六ページから現在の八ページへと増ページに踏み切らざるを得なかった。

原稿の最終の締め切り時間も、午後六時から七時に延長した。

国政選挙や首長選挙の開票が深夜にまで及べば、営業や販売の社員らが手分けしてクルマで県下の販売店を回り、インクのにおいのする刷り上がったばかりの新聞を送り届けた。

増ページに伴い、社員の数も増えて人件費は膨らんだ。

用紙代のほかインク代といった印刷経費も増大したが、収益の柱である肝心の購読部数は一万数千部に低迷し続けていた。

このため、当初の見込みが大幅に狂って資金繰りが悪化し、ボーナスの支給どころか、社員への月々の給料の支払いが遅延するなど、廃刊の危機に直面した。

万策尽きた経営陣が再建を託したのが、大株主で社外取締役の一人であった芝崎だった。

吉野の田舎町で老舗の薬局を引き継いだ芝崎は、薬の製造と販売に精を出して財力を貯え、五年ほど前からは、経営難に陥った大阪の老舗の薬品会社の建て直しに取り組んでいた。

また、幼い時分から勉強をすることが好きだった芝崎は、会社経営の傍ら勉学にも励んだ。

長兄の戦死で学究生活を中途で断念し、夢が叶わずいた薬学博士の称号を取得するために、不惑の年から週二回、東京の医大の研究室へ通い始め、三年前に大学から学位を授与された。

実業家としての経営手腕に加えて、並外れた向学心の持ち主ということで、製薬会社や薬問屋が軒を連ねた、大阪の道修町《どしょうまち》界隈では少しばかりは知られた存在だったが、地元の奈良の県民にとっては無名に等しかった。

そんな芝崎が突如として、大和日報再建のかじ取り役として起用されたことに、知事をはじめとした県下の首長や経済人たちは一様に首を傾げた。

だが、白羽の矢を立てられた芝崎にしてみれば、大いに望むところであった。

県政の改革へ野心を抱いた己の存在を、奈良県民に知らしめるには願ってても無いチャンスだった。

芝崎は本業の薬の商いで稼いだ金を、利回りが良くて安定している電力や銀行の株式に投資して資産を貯えた。

何軒かの貸し家を持っていたほか、山林を所有する山主《やまぬし》でもあった。

大和日報の株は、昭和二十七年に火災で社屋を焼失し、再建のための資金捻出に株式を公募して県民から広く浄財を募った際に、思う所があり、他に抜きん出て多く取得した。その後も、配当金のない株を買い集め、瞬《また》く間に大和日報の筆頭株主となった。

そして、株の力を背景に昭和三十年代の半ばからは社外の取締役に名前を連ねていたが、それに飽き足らず、大和日報の経営に直接参画する機会をひそかにうかがっていた。

大和日報の社長となり、奈良の言論界の表舞台に勇躍《ゆうやく》として躍り出た芝崎の胸は、暗雲が立ち込めた戦時下にありながらも、祖国日本と己自身の将来に望みを失わずにいた、青年時代のような客気にみなぎっていた。

齢《よわい》五十にしてようやく手にした念願のいすを、己の天命と悟ったのだ。

芝崎は、大和日報の再建に全力を傾けるために、大阪の薬品会社には、成人した長兄の遺児を役員に送り込んで経営に当たらせた

また、自宅から少し離れた電車の駅近くの薬局は、房江との間にできた実の息子に任せた。

長兄の遺児は三十を前にした働き盛りで、二年前に結婚したばかりだった。実の息子の方は薬学専門学校を卒業して間もなかった。

芝崎は月末に一度、夕刻から奈良市の本社の会議室に東京支社を除いて全社員を本社に集め、社業に取り組む心構えを口を酸っぱくして説いた。

引き続いて開かれる編集会議にも必ず出席した。そして、冒頭に挨拶に立ち、張りのある力強い声で、支局から駆けつけた古参の記者や本社の中堅、若手ら二十人ほどの記者たちに檄を飛ばした。

芝崎が初めて編集会議に臨んだ時の挨拶は型破りで、社内の語り草になっている。

「奈良が日本人の心のふる里といわれる土地柄ゆえか、大和日報は古文化財の発掘を始め文化的な記事が多いのは致し方ないが、どうも紙面が上品でおとなしすぎる」

いきなり、現状の紙面をバッサリと切り捨

てたのだ。

《薬屋のおやじさんが、一体どんな説教を垂れるんやろ》と、冷やかし半分で、斜に構えていた古参の記者たちは目を白黒させた。

芝崎は、眼鏡の奥から鋭い視線を記者たちに飛ばしながら、断固とした口調でまくし立てた。

「僕は、県民の暮らしに根ざした地方紙として、むしろ土臭く生き生きとした新聞であるべきだと思う。記者諸君！　県民になり代わって、正義のペンを大いに振って欲しい。権力はともすれば腐敗するものなんだ。記者諸君！　長期に及ぶ木村県政の膿《うみ》を洗い出し、暴力や利権によって歪められた、政治や行政の闇を徹底的に暴いてほしい。それこそが、大和日報の使命であり、県民の期待するところなんだ。よしんば名誉棄損で訴えられても、会社が責任を以って対応するので、心配しないでもらいたい。僕からすれば、それは汚名《おめい》でもなんでもない。むしろ、記者諸君にとって名誉の勲章なんだ！」

会議室の正面の板壁に掲げられた社旗と、額に収められた社是を背にして仁王立ちになり、激烈な口調で記者たちに訴えかける芝崎の全身からは、大和日報の再建へ立ち向かう炎のような闘志と情熱がほとばしっていた。

ちなみに社旗は一メートル四方の大きさで、大和盆地を囲む青垣の山々をイメージした緑色の布地の真ん中に、古都の空にそびえ立つ五重の塔が白く染め抜かれている。

会議室の前列中央の机には、副社長で論説主幹の石黒が芝崎と隣り合って座っている。

芝崎よりひと回り大柄な石黒は、黒ぶちの眼鏡を掛けたごつごつした赤ら顔を紅潮させ、憮然とした表情で苦虫《にがむし》をかみつぶしていた。

石黒は芝崎と共に会社の代表権を有し、新聞紙面の編集権を一手に握っていた。

また、社外にあっては、内務省（現在の総務省）出身の高級官僚として、二十年近くの長きに渡って県政界に君臨する木村知事の強力なブレーンで、県の審議会の委員に名前を連ねていた。

芝崎は編集会議に顔を出す度に、傍らにいる石黒の存在を気に掛ける風もなく、居並ぶ記者たちに向かって「県の政治や行政の闇を、政治家の悪行を、正義のペンをふるって県民の前に暴きだせ」と声を張り上げて督励した。

過激な芝崎の言動は、記者や社員たちを通じてたちまち県下に知れ渡った。社員の口を借りて、県民に己自身の存在を知らしめるという芝崎の目論みは成功した。

古都という歴史的風土にくるまり、安穏とした暮らし向きの中で、波風を立てることを好まぬ保守的な土地柄だけに、突如として地元言論界のトップに躍り出て、県政批判の旗を振る芝崎に対して、奈良の政治家や経済人の多くが眉をひそめた。

「新聞のことは全くのど素人で、成り上がりの商売人が県政の悪態ばかり抜かしおって！」

取材に訪れた大和日報の記者を前に、露骨

に顔をしかめる土地の有力者もいた。

家族的な穏やかな社風に包まれた大和日報の社員の間にも不協和音をもたらしたが、当の芝崎は、世間のうわさや社内の陰口を素知らぬ顔で聞き流した。

それどころか、思惑通りの展開に内心ほくそ笑んでいた。

芝崎は社員たちを前にして胸を張り、口元に笑みを湛えながら傲然とうそぶいた。

「僕のことを、世間ではいいようには言っていないようだが、大方、心がけの良くない政治家たちが陰口を叩いているのだろう。君ら社員諸君は、どう思うとるか知らんが、この芝崎は、そんな連中にとって、奈良県一の嫌われ者であることをむしろ誇りにさえ思っている。そうであることが、大和日報と奈良県の将来にとって大いに結構なことだと思っているんだ」

芝崎は強がりを言っているのではなかった。

芝崎には、読者の大幅な拡大が会社再建の至上課題となった大和日報にとって、長期県政の腐敗追及という攻撃的な紙面づくりこそが、最高の経営戦略だった。

それはまた、和歌山県に支配されていた吉野川の水を奈良へ分水する事業に執念を燃やし、国営事業として、芝崎のふる里である奥吉野を舞台に次々とダム建設を行ってきた知事の木村に対する彼自身の怨念でもあった。

大和平野の利水や治水を目的とした吉野川の分水事業と、それに伴うダム建設が、奈良県の発展にとって必要不可欠であることは芝崎自身も十分理解はしていた。

だが、湖底に沈んだ故郷の村が過疎地へ追いやられ、寂《さび》れていく現実を目の当たりにしては、人間の情として耐えがたいものがあった。

長期県政の一体どこが腐敗しているのか、正さなければならぬ点はなんであるか――。

芝崎自身は、そのことに関して具体的に明らかにしなかったが、清潔で公正な行政をスローガンに掲げてスタートした木村県政も三期、四期と長期に及ぶなかで、昨今は〈県の発注する公共事業が特定の業者に偏しているる〉とか、〈県会のドンとして十年近く県会議長の座にある大野が、木村の袖の下で利権をむさぼっている〉といった黒いうわさが絶えなかった。

芝崎ももとより耳にはしていたが、確たる証拠がない以上は、新聞社の社長として公言することは憚《はばか》られた。

逆に、それだからこそ、巷間に流布している汚れた風聞の真相を記事としてえぐり出し、県民の関心に応えようと記者たちにはっぱをかけたのだ。

商売人、企業人として商品価値の高い医薬品の開発製造に取り組んできた芝崎の目には、大和日報の紙面は、県や市町村の日々の出来事や警察記事、古文化財の発掘といった当局側の発表記事をほとんど垂れ流しに掲載しているみたいで、商品価値が乏しかった。

取材した記者の熱意と、記事に託した思いが伝わってこないような精彩を欠いた紙面で、読者を新規に開拓しようなど余りにも虫のよすぎる話だった。

大阪のベッドタウンとして高層住宅が林立し、県外からの移住者で人口が急増していたが、芝崎には、マンネリ化した大和日報の紙面では、新しい県民の支持を得るどころか、古くからの読者からも、愛想を尽かされかねないという心配の方が先に立った。

芝崎は、古い殻《から》に閉じこもった大和日報には、時代の変化と人々の新聞に対する期待と欲求に応えるための、大胆な紙面改革こそが求められていると思った。

長期県政を標的とした、腐敗撲滅キャンペーンの大号令を編集の記者たちに発したのはそのためだった。

記者生涯ペン一筋

だが、笛吹けど踊らずで、芝崎の意気込みは空回りだった。

社長就任から六年目の秋を迎えていたが、この間、県政の屋台骨を揺るがすほどの記事が、大和日報の紙面を大々的に飾ることは一度もなかった。司直の手を煩わすような県当局の不祥事もかぞえるほどだった。

木村を盟主とした保守王国は、目前に迫った知事選挙に盤石の構えで、木村の六選は揺るぎない情勢だった。

知事のブレーンである石黒が編集局を支配し、県や県都の奈良市に息のかかった腹心の記者が配置されている状況では、長期に及ぶ木村県政の問題点をあえて追及することはなかった。

現職の楽勝ムードにブレーキを掛け、平地《へいち》に波瀾を起こすような県政のスキャンダル記事やスクープを期待する方がおかしかった。

そのことは芝崎も十分承知していたが、それでいて切歯扼腕《せっしやくわん》する思いだった。

石黒は芝崎より三つ年上だった。

二人は、戦前から戦後にかけて共に青少年期を大和の地で過ごしたが、激動の時代をくぐり抜けて来た両者の生きざまは全く対照的だった。

芝崎は、我が身に降りかかった災難を運命として甘受し、懸命に耐え忍びながら将来に望みを抱いて生きてきたが、石黒は家柄や血筋を重視する封建的な風土の中で、逆境を自分自身の手ではねのけようと血みどろになって抗い、闘い続けた青春だった。

大和盆地の貧しい農家の次男坊として生まれた彼は、利発でやんちゃ坊主だった。

尋常小学校を卒業した後は、昼間は農作業の手伝いで汗を流し、夜間はランプの明かりの下で漢字の読み書きに励み、算数も独学で習い覚えた。

向学心に燃える少年は、夜間や農作業の合間に町の図書館や友人から借りた文学、哲学、宗教など様々な書物を貪るように読んだ、

そして、書物に触発され、世の中の不条理に目覚め農民運動に身を投じるようになった。

田園歌人として知られる長塚節の短歌をこよなく愛した多感な若者は、青年期になると、がっしりとした体と炎のような情熱で常に交渉の先頭に立って地主と闘った。

その過激な行動から地元の警察に幾度となく身柄を拘束され、牢屋《ろうや》にぶち込まれた。

戦地から復員した後もしばらく農民運動にかかわっていたが、度重なる獄中生活の末に社会主義的思想から転向した。

農民の経済的、社会的地位の向上を目指しての活動から離れた石黒は、東海や北陸地方を発行エリアとした大手紙の奈良駐在員の職を得て、それからは、〈記者生涯ペン一筋〉を座右の銘として精力的に記者活動に励んだ。

石黒が大和日報に論説記者としてスカウトされたのは、火災で焼失した社屋が新築された翌年の昭和二十九年だった。

奈良県出身で、内務官僚として関東地方で官選知事を務めたこともある木村が知事に初当選し、長期政権がスタートしてまもない時期だった。

石黒は三十代半ばの働き盛りで、県政界を舞台にした重厚な記事や評論で存分に筆をふるった。紙背には、船出したばかりの木村県政への熱い思いがにじんでいた。

石黒は、自分より少し年長の木村の温厚で清潔な人柄に親しみを覚えた。そして、行政に処する高級官僚としての理智的、合理的な考え方に深く共鳴するところがあった。

《日本の古都として、貴重な文化遺産を多数抱えた奈良の歴史的風土は、農業を主体とした大和平野のたたずまいと周りを囲む青垣の山々によって守られている。私は知事として、そうした古都の原風景を大切にして、後世の人々へ守り伝えていきたい》

郷土奈良県の知事に就任した、木村の県政に関するビジョンであり、確固たる信念だった。

木村と同じ大和平野の農家に生まれ育ち、少年時代から正義感に燃えて、貧しい農民の暮らしの向上のために若い血と汗を流してきた石黒にすれば、まさに我が意を得たりという思いだった。

木村の方も、知事選出馬に際して熱心に応援してくれたのが、実家の近くに住んでいた大和日報の初代社長であったことなどから、石黒に好感を抱いていた。

大和平野の農業振興と治水を目的とした具体的な政策の柱が、吉野川の分水と豊富な水資源を活用した電源開発に伴う奥吉野地域でのダム造りだった。

それはまた、陸の孤島といわれていた奥吉野地域の交通網の整備でもあった。ダムの建設には、資材を運搬する道路を造らなければならなかったからだ。

大和盆地で暮らす人々は江戸の昔から水で苦しみ、農村では、田んぼへの引き水を巡って争いが絶えなかった。

奈良には《大和豊年、米食わず》という言葉が古くからある。

日照りの夏も降雨で田んぼに水が十分行き渡り、大和平野が豊年を迎えた年は、他所は日照時間が少なかったり、洪水に見舞われたりして米が不作となるという意味だ。悲しい反語である。

吉野川は、下流の和歌山県に入ると紀の川となり紀淡海峡に注いでいるが、水利権は上流の奈良県になく、徳川御三家の一つである紀州家の威光で、下流の和歌山に握られていた。

年間降雨量が日本最大の大台ケ原山系を水源とし、奈良県内を流れる吉野川の清らかで豊富な水は、江戸の昔から、和歌山県側の同意なしでは、地元の奈良県民は一滴の水もままにならなかった。

吉野川の水を利用できない、大和平野の農家は水不足に喘いだ。大雨が降れば河川が氾濫し、田んぼや住まいは水害に見舞われた。

大和平野で暮らす人々を苦しめる歴史的な慣行に風穴を開け、県民が渇望してやまなかった吉野川の水を、大和平野の農業や水道水として暮らしに役立てるために、木村は国にダム建設を懸命に働きかけた。木村は、中央では〈ダム知事〉とまで呼ばれていた。

木村は、ため池に頼らずに済む大和平野の米作り、そして農村の文化的な暮らしに水洗トイレ―をスローガンに掲げて、農家を始めとした県民の悲願である水源のダム造りや上下水道の整備に精力的に取り組んだ。

石黒は、大和日報の県政記者として全面的にバックアップした。

社内外で重きをなした石黒は、やがて取締役となり経営陣の一員に加わった。知事の木村は、強力なブレーンとして石黒を古都風致審議会など県政運営の要《かなめ》となる審議会の委員に任命した。

　それればかりか、石黒と木村との緊密な関係を裏付けるかのように、県当局は広報予算を大和日報へ重点的に配分し、厳しい経営を側面から支えた。

　取締役になった石黒は、論説主幹の肩書で大和日報の一面左肩に、社説を署名入りで連日書くようになった。

　時には一面の下のコラムにも筆を執り、青年時代に愛唱した長塚節の〈虫の髭のそよろに来る秋は　まなこを閉ぢて想ひ見るべし〉という短歌をコラムに引用して、稲穂の膨らみ始めた、大和平野の初秋の田園風景の素晴らしさを称え、景観保全を訴えたこともあった。

　社説は四百字詰め原稿用紙にして三枚程度だった。

　テーマは、県民の関心を呼んでいる県政上の問題や県政界の動向を主としていたが、国政や社会事象についても自らの考えや主張を述べた。

　体制の側に軸足を置いた、骨太な論調は保守的な色合いが濃く、情緒的でもあった。

　このため革新政党や労働団体の強い反発をしばしば買った。

　県内の学者や文化人といった知識人の間でも、評判はあまり芳しくはなかったが、その一方で、商店主や農協の組合長、地方議員など、地域の有力者や年配の人々を中心に熱狂的なファンがたくさんいた。

　石黒の自宅は奈良市の西郊にあった。

　役所勤めをしている妻と男の子の三人で暮

らしていたが、晩婚で、四十を過ぎて結婚したこともあって、一人息子はまだ小学校の六年生だった。

大和日報の本社へは電車と徒歩で通っていた。

服装は地味で、外見を取り繕うことはなかった。

春先から秋口にかけては、審議会など公的な会合がある日以外はノーネクタイの地味な背広姿で、そして寒くなると肌色のダスターコートを上から着用していた。また、大変な読書家で、常に数冊の本を小脇に抱えて街頭を悠然と闊歩した。

出社は午前十時ごろで、玄関を入って左手にある一階の編集局に姿を現すと、入り口近くの席で紙面の割り付けや原稿の校閲などを担当している内勤者の傍らを通り抜け、奥まった場所で机に向かっている編集局長やデスクたちのそばにやって来ると足を止めた。

そして、当日の紙面に関しての感想を二言三言述べ、すぐわきにある、四畳半ほどの広さの自分の部屋へ入った。

その後は部屋にこもりっきりで、翌日付の社説の執筆に没頭した。古びた木製の机に腰掛けて原稿を書いたり、応接のソファに座って新聞や読書をするときだけ、上着の胸ポケットから黒ぶちの眼鏡を取り出し掛けていた。

記者の原稿はもっぱら鉛筆書きだが、石黒は愛用の肉太の万年筆を使用し、青のインクで社説を書いていた。

昼前になると、書き上げた社説を編集局長

に手渡し、本を小脇に抱えて外出した。再び会社に戻って来ることはめったになかった。

社説のネタや資料を求めて県庁を訪れ、知事の木村をはじめ県の首脳部と懇談したり、近鉄奈良駅の近くにある書店をのぞいたりした。そして、夕暮れになると馴染みの居酒屋に顔を出し、手酌で盃を傾けながら常連客の話に耳を傾けた。

血色のよい赤ら顔をした石黒は大層酒好きだった。

部屋の掃除を担当している小母さんが「副社長の机の下に転がっている、酒の一升びんを片付けるのが私の仕事よ」と、冗談半分に話していた。

社員たちは、出社してきた石黒が部屋で、独り茶碗酒でちびりちびりやりながら社説を書き、悠然と読書をしているのだと、畏敬の念を交えながら勝手に想像していた。

因縁の対決なるか

当局のお先棒を担ぐような県政報道とは裏腹に、奈良市政については厳しい批判記事が相次いだ。

大和日報の紙面は活気づいたが、それは皮

肉にも社長である芝崎の意に反したものだった。

五十半ばの芝崎に対して、奈良市長として二期目に入ったばかり中沢は四十代の後半で、二人はかなり年齢が離れていたが、木村県政の打倒という多年の願望を共に抱いていることもあって昵懇にしていた。行政の在り方についても考えが似通っていた。

中沢は、行政の無駄を排除するという見地から府県連合や道州制にかねてから理解を示していたことから、芝崎の持論である大阪、奈良、和歌山の三府県を一つの行政組織とした阪奈和合併論は大いに望むところであった。

実際、中沢自身も市長に就任すると隣接の三つの市に呼びかけて都市連合を結成し、交通災害共済制度などを発足させていた。

また芝崎が、阪奈和合併が実現した暁には、首都機能を平城京の都があった奈良の地へ移転させて、日本の新しい首都建設を目指そうと、突拍子もない構想を抱いていることについても、地元の市長として共感を抱いていた。

それというのも、中沢自身が、奈良時代に民衆から菩薩と崇《あが》められ、東大寺の大仏建立に尽力した高僧・行基を常日ごろから敬愛してやまなかったし、行基の精神にあやかった新しい平城京づくりを夢見ていたからだ。

誠実な人柄に加えて奇抜な発想と実行力が人気を博し、中沢は奈良の市民ばかりでなく、広く県民の間でも、木村の対抗馬としていずれ知事選に立候補するのではないかとささやかれていた。

そうした憶測や関心を呼ぶのは、それなりの歴史的な因縁と下地があったからでもある。

それは、奈良県史上に残る激戦となった木村の四期目の知事選挙だった。

芝崎が大和日報の社長になる前年に行われた選挙は、木村の四選に反対して、内閣の官房副長官をしていた民自党の中堅代議士が立候補に名乗りを上げたことで、中央政界も巻き込んでの苛烈な選挙戦となった。

嘗ては県会議員だった代議士は、県会に籍を置いていた時代から事あるごとに知事の木村と対立し、議場で激しい論戦を繰り広げていた。

党の公認を巡っては、民自党県連内部では木村を推す声が強かったが、県連は分裂を回避するために、両者を非公認とすることを決めた。

ところが、党本部が代議士の公認を決定したために民自党県連は分裂し、骨肉相食むが如き知事選へ突入した。

県連の意向を無視した党本部の決定に対して、その当時、県政記者だった石黒は「地方の事情や住民の意思を汲みあげずに、中央の派閥力学によって決められたのは、地方政治に対する政党支配を最も悪い形で示したものである」と、解説記事で厳しく批判した。

県下を二分した選挙戦には、党の公認を得た代議士の応援のために首相や大臣らが中央から続々と駆け付けた。

公認争いに敗れた現職の木村には、ダム建

設で誼《よしみ》を通じた民自党の主要派閥が陰から支援しただけだったが、結果は木村が予想外の大差で勝利した。

《地方自治は、中央の政治的圧力に屈することなく、そこで暮らす人々が、自らの手によって守り育てなければならないことを思い知らされた》

多くの県民に支持されて四選を果たした木村は、選挙戦を振り返り涙ながらに語った。

一方、敗れた代議士は再び国政に返り咲き、やがては国務大臣に就任した。

代議士は、木村が六選に意欲を燃やす次期の知事選に、対抗馬として出馬が取り沙汰されている奈良市長の中沢とは、県会議員のころから格別に親しい仲だった。

いがぐり頭ででっぷりと肥えた中沢は、政治家の血筋を引いた奈良の由緒ある旧家の出身だった。自宅の隣に年を経た剣道場があり、子供のころから稽古に励み、禅にも親しんでいた。

東京の私大に在学中に学徒出陣し、海軍中尉で終戦を迎えて帰郷した後、奈良市議会の議長や地元選出の県会議員として活躍した祖父の跡目を継いで、二十七歳の若さで県会議員になったが、一期限りで辞めて実業界へ転身した。

所有していた東大寺の北側の丘陵に温泉郷を開発し、当時は珍しかった有料自動車道を開通させたり、新種のメロンの栽培や肥料の生産といった事業にも手を染めていたが、元来商才に乏しかったせいか、規模は零細で業績の方もぱっとしなかった。

それればかりか、大病を患い医師から療養を勧められたが辞退し、死を覚悟しての四国遍路で克服した。

開拓者精神で積極的に新しいものを求め、苦しみからも決して逃げない、そんな中沢の生きざまが市民の期待と人望を集め、四十四歳にして奈良市長に担ぎ出された。

市長になった中沢は、街づくりに「ご苦労さん運動」「早寝早起き運動」を市民に呼びかけるなど、市民社会におけるモラルの啓発と向上を行政の謳《うた》い文句として掲げた。

そうした己の信条に照らして、県下の五つの市が共同で開催していた競輪事業から脱退する意向を表明した。

また、奈良公園に程近い近鉄奈良駅前の広場に、彼自身が敬慕してやまない行基像を祀る泉水を設けた。

知事の木村は、行基像について《公共の広場に、市長の崇敬する人物の像を祀ることは、個人崇拝を市民に押し付けるものだ》と強い不快感を示した。

このことを人づてに知らされた中沢は、木村がかつて文化観光税の名目で、東大寺大仏殿を拝観に訪れる観光客から税を徴収することを条例で定めたことで、寺側との間で訴訟沙汰になったことを槍玉に挙げ、《尊い大仏さまのお顔に泥を塗っておきながら、何を抜かすか！》と憤然としていた。

中沢は、空に浮かんでいる雲の様子を観察して地震の発生をひそかに予言したり、日中友好を基軸としたアジア国家連合の建設を説くなど、カリスマ性と国士のような雰囲気を漂わせた異色の政治家だった。

東京帝国大学を卒業し、エリート官僚としての品格や知性を兼ね備えた木村とは、風貌も体質もまるっきり正反対であった。

県政打倒へ中沢とひそかに気脈を通じた芝崎にしてみれば、大和日報の紙面で中沢をだまし討ちにしているようで、いつまでも放置してはおけなかった。

怒る新米記者

芝崎は、六年目を迎えたこの春の人事異動を協議する取締役会の席上、奈良市政を巡る報道を取り上げ、社長である自身の意向に反した〈悪意に満ちた偏向報道〉と弾劾した。

そして、入社三年目で教育面を担当している、岬という若手の記者を奈良市政担当にするように石黒に迫った。

岬は、石黒の猛反対を押し切って実施した大卒者の定期採用の第一期生だった。東京の私大を卒業し、記者を志望して大和日報の門を叩いたが、入社して半年間は販売部に所属した。

年配の先輩社員の尻に付いて、県内の取引先の新聞販売店などを回ったり、奈良市内の販売店で早朝、新聞配達の作業を手伝ったりした後、編集局の外勤記者となった。

駆け出しは保健所、税務署、鉄道公安室など官庁の出先機関を担当し、二年目に入ると、新人一人を配下にした司法担当のキャップとして県警本部の記者クラブに、そして三年目の春からは教育面を担当して県庁内の記者クラブに詰めていた。

岬は酒好きで、多少おっちょこちょいなところがあるが、正義を重んじる熱血漢だった。

県警の記者クラブに詰めていた時分のことである。

歳末の交通事故防止運動が行われていた最中に、夜間に飲酒運転の乗用車が、交差点で止まっていた軽トラックに追突するという事故があった。

双方の車体が少々破損し、運転していた男性のけがも大したことはなかったが、岬にとっては見過ごすことのできぬ事故だった。

というのも、彼は秋の交通安全運動に際して、車による交通事故の主たる要因とされる無免許、飲酒、スピード違反の三悪防止に関するキャンペーン記事を〈車輪の恐怖〉と題して、大和日報の社会面に連載したばかりだったのだ。

動機となったのは、地方裁判所で審理された、二十代の若者が引き起こした飲酒運転による死亡事故の裁判だった。

若者は夜間、酒を飲んで勤め先の軽トラッ

クを運転中、奈良市内の国道でセンターラインをオーバーし、対向してきた乗用車と正面衝突した。

乗用車は大破し、運転していた三十代の父親と同乗していた幼い兄妹の三人が死亡した。若者も手足を負傷したが、悲劇はそれだけに留まらなかった。

加害者の若者は母親と祖母の三人暮らしで、農家の手伝いをしていたが、息子が引き起こした事故を苦にした母親と祖母が、程なく近くの農業用のため池で入水自殺したのだ。

自宅には、被害者の遺族に死を以ってお詫びするという、母親の遺書が残されていた。母親は四十半ばで、岬の母親と同じような年頃だった。

岬は裁判の取材を通して、一瞬にして命を奪われた被害者の遺族の怒りと悲しみを痛切に思い知らされた。

同時に、被害者と遺族、社会へ詫びて心中した加害者の若者の母親と祖母の身の上に胸が痛んだ。

新米記者の岬は《交通事故の悲劇を少しでもなくしたい》という思いに駆られ、飲酒運転やスピードの出し過ぎなど無謀運転による被害者や遺族を取材、十回に渡って社会面トップで連載した。彼にとって初めての連載企画だった。

そんな岬ゆえに、軽微な交通事故とはいえ、悲惨な結果を招きかねない飲酒運転への怒りを込めてペンを取り、出稿した。

ところが、翌朝の大和日報の社会面には一行の記事も掲載されていなかった。

記者クラブからデスクに問い合わせたところ、飲酒運転の当事者が大和日報の古参の社員の息子で、追突された軽トラックの運転手も大したけがを負わなかったので、論説主幹の石黒の指示により原稿を没《ぼっ》にしたとのことだった。

デスクの説明に岬は納得がいかなかった。

それどころか、時間が経つにつれて怒りが込み上げてきた。岬は矢も盾もたまらず、県警本部の玄関前に止めていたバイクに飛び乗り本社へ帰った。

灰色のズボンによれよれの白いジャンパー姿の岬は、編集局の石黒の部屋を訪れ《身内の不祥事は目をつむり、他人のことは記事に書き立てる。これで、公正な報道と言えるのですか！》と、眦《まなじり》を決してかみついた。

ソファに座って全国紙に目を通していた石黒は、眼鏡の奥の両目をかっと見開き、下から岬を睨みつけて、語気荒く言い放った。

《君な、新聞記者だからいうて、見たこと、聞いたことすべてを記事にすりゃあいいというもんじゃないぞ！　新聞記者も人の子なんだ。武士の情けで、記事にしない場合だってあるんだ！　大学を出て、新聞記者になったばかりの、青二才の君には、この俺の言うことが理解できまいが、いずれ分かる日が来る。つべこべ言わずに、さっさと出て行け！》

けんもほろろに追い返された岬は、その日は一行の原稿も書かずに記者クラブを後にした。

バイクは県警本部前に止めたままにして、猿沢池の畔の焼鳥屋や国鉄駅前の居酒屋でコップ酒を煽った。

深夜、酒に酔って独り新聞社へ戻ってきた岬は、こらえようもない怒りと悔しさから〈他人の過ちは厳しく咎め、身内の過ちには寛容な大和日報に、社会正義と破邪顕正《はじゃけんしょう》を説くペンは有りや無しや〉と、編集局の黒板に白墨で書きなぐり、印刷工場のわきにある会社の寮へ引き揚げた。岬は、会社を首になることを覚悟していた。

因《ちな》みに、寮の名称は青雲寮だった。

奈良の地へ県外から単身やって来た新入社員を勇気付けようと、社長の芝崎自身が命名した呼び名だった。

格好良くて、いかした寮名だが、住み心地は悪かった。

寮といっても、新聞用紙の巻取りを保管したバラック同然の倉庫の屋根裏を住居に改造したもので、板壁に囲まれた天井の低い畳敷きの室内は、青雲の気を養うには陰気で息苦しかった。

岬は、同じ大学を卒業した同期の仲間と夜間の高校へ通う原稿取りの男子高校生の三人と一緒に共同生活し、寮に通じた、古びた木製の外階段を毎日上り下りしていた。

岬の抗議の落書きに、メンツをつぶされた格好の石黒は《跳ね上がりのチンピラ記者め》と苦虫をかみつぶしていたが、芝崎の方は、社長である自分以上に、大和日報では大きな存在である論説主幹の石黒に面と向かって、己の正義を敢然と主張した岬の行動が実に頼もしく思えた。

芝崎は、純情で、けれんみのない九州育ちの若者の将来にひそかに期するものがあった。

そうした思いが、編集局内ではまだまだ若輩の新米記者であり、しかも石黒と遺恨のある岬を、県政に次ぐ主要ポストである県都の奈良市政担当にしたいという、横紙破りの人事となった。

取締役会での芝崎の唐突な提案に、石黒は当然難色を示した。

他の取締役たちは、編集局を統括する石黒の意向を無視した人事案に言葉もなく、途方に暮れた顔をしていたが、芝崎の断固たる意思と見幕に押され、渋々同意した。

横槍を入れられた石黒は、孤立無援では如何ともすることが出来なかった。自分の息のかかった中堅記者を支局へ泣く泣く配置替えし、駆け出しの分際で、論説主幹である己に歯向かった岬を奈良市政担当に命じた。

外堀埋めて本丸へ

芝崎は、岬の奈良市政起用を突破口として編集局の改革刷新を行うことを断固決意した。

そのために、まず外堀から固めていくことにした。編集局以外の部署、幹部の人心をまず掌握し、その上で石黒の支配下にある編集へ乗り込んで行こうという腹積もりだ。

手始めに行ったのが、会社の玄関にタイムレコーダーを設置したことだった。

《新聞づくりに日曜も祭日もない》という考えから、社員の日々の出勤、退勤時間の明確な記録はなかった。

職場の管理監督は上司にすべて任せっきりで、社員個々の勤務時間はあって無いようなものだった。

社員の給与も明確に規定されておらず、上司や経営者のさじ加減で支払われていた。

そこで芝崎は、社員の給与体系を整備した。

同時に、本社で働く社員に勤務時間を厳格に守らせ、社業の効率アップを図ろうとタイムレコーダーを玄関に取り付け、出社や退社時に社員にそれぞれ記録させることにしたのだ。

また、赤茶けたトタン屋根の下で、夏場はシャツ一枚で汗を滴らせ、そして冬場は寒さに震えながら作業していた工場に新しく天井板を張り、職場環境の改善にも努めた。

それればかりではなかった。

手拾いの文選工に頼らざるを得ない、町の印刷屋に毛の生えた程度の工場に最新の紙型取り機を導入したのを皮切りに、機械設備の近代化に乗り出した。

職場の環境が改善され、紙面の印刷が鮮明

になったことで社業は徐々にではあるが好転し、芝崎に対する社員の信頼も揺るぎないものになっていた。

　編集局の改革にも手は打っていた。

　その布石として強引に実施したのが、一昨年から始めた大卒者の定期採用だった。

　創刊から二十年にしての、大卒者の定期採用の実施を議題とした取締役会では、石黒が真っ向から反対した。

「県民のためになり、地域社会の発展に貢献できれば、大和日報は小規模な地方紙であってもいいじゃないか。いたずらにページ数を増やし、そのために、奈良という土地柄もよく知らぬ大学生を、全国から採用することは、それでなくても脆弱な経営基盤を危うくするものだ。そんな冒険はすべきでない」

〈記者生涯ペン一本〉を己の信条として、大和日報の一面に社説を毎日書き続けている論説主幹の石黒にすれば、新聞の値打ちは記事の中身で決まるもので、ページ数や発行部数の多寡で評価されるものではないというのだ。

　長年、新聞人としてペン一筋に生きてきた石黒自身のプライドでもあった。

　だが、芝崎はこう切り返して譲らなかった。

「県民のため、さらには、日本人の心のふる里である奈良県の将来的な発展のために、僕は大和日報を一流の地方紙に育て上げたい。旧態依然とした企業体質の中で現状に甘んじていては、大和日報はやがて県民から見放されてしまうだろう。そうならないために、大和日報の将来を担う若い有為な人材を、全国から広く求めなければならない」

入社式で芝崎は、定期採用で迎え入れた岬ら十人の一期生を前にして長々と熱弁をふるい、士気を鼓舞した。

「諸君の多くは、全国紙の入社試験に落ちて、この大和日報に職を求めてやって来たようだが、新聞人としての第一歩を我が大和日報で踏み出すことは、諸君の将来にとって大変意義深いことだと、僕自身は思っている。なるほど、寄らば大樹の陰で、諸君が何事もなく、安穏に新聞人としての人生を送ろうとするならば、大企業である全国紙が良いであろう。しかし諸君！　考えてみたまえ、大樹の陰にいてはなかなか日が当らないぞ。だから僕はこう思っているんだ。諸君が新聞人として、世の中に貢献し、我が身の大成を願うならば、地方紙にこそ活躍の場を求めるべきではないかと――。我が大和日報は小規模な地方紙ではあるが、日本の古都の言論機関として、諸君の期待に十分に応えることが出来ると確信している。諸君の今後の奮闘を心から祈る」

芝崎の期待に応えるように大学出の新人記者が奮闘し、紙面に活気が出てきた。

月に一度の編集会議も大きく様変わりした。

それまでの編集会議は、芝崎が冒頭に挨拶して席を立った後は、デスクから新規の連載企画に関する説明や記者が持ち回りで担当している連載の出稿スケジュールの確認が行われ、支局や本社詰めの記者たちからは、それぞれの持ち場での主な行事などについての報告が簡単に行われた。

　形式ばった会議はそこまでで、その後は、世の中の酸いも甘いも噛み分けた数人の古参の記者が中心に、石黒を囲んで茶飲み話を楽しんでいるような懇談会となり、和気あいあいのうちに編集会議は一時間余りでお開きになっていた。

　ところが、学生気分がなかなか抜け切れぬ新米記者が四人、五人と増えてきた昨今は、がらりと様相が変わった。

　懇談に移っての和やかな雰囲気に紛れて、新米記者が駆け出し同然の身であることを忘れて、デスクに対して自分の書いた記事の扱いに不満を洩らしたり、いささか的外れではあるが、先輩の記事をいけしゃあしゃあと批判したりした。

　円満で家族的だった編集会議が、白々しい空気に包まれることも度々だった。

　頭にカチンときた先輩の記者が、編集会議を終えて廊下に出たところで新米記者を呼び止め、矢庭《やにわ》に肩口を掴んで《新米のくせに、つべこべ抜かすんじゃねぇ！》と怒鳴り上げる番外編もちょくちょくあった。

　芝崎は、社外での会合やパーティーに出席しても、すこぶる意気軒高だった。

　堂々とした態度と、薬学専門学校時代に弁論部で鍛え上げた、歯に衣《きぬ》を着せぬきっぱりとした物言いは、古都の温厚な紳士や旦那衆の間にあって異色な存在だった。

　短躯ながら、周りから《新聞にはど素人の

薬屋が偉ぶって——》と、軽々に侮られぬだけの貫録があった。

しかし、秋晴れのこの日、ダムの完成祝賀会に出席するため遥々と奥吉野の地を訪れ、展望台から湖面を見つめる芝崎の姿には、そんな猛々しい雰囲気は微塵も感じられなかった。

帽子の下からのぞいた芝崎の顔には、なぜか言い知れぬ寂しさが漂っていた。

それもそのはずである。

湖底に沈んだ山峡の村は芝崎のふる里だった。

〈あれから三十年になるか——〉

芝崎は心の中で呟いた。

住み慣れた村を離れて、芝崎の元に身を寄せた母親は間もなく病死した。

〈カッコウ　カッコウ〉

遠くでカッコウが寂しげに鳴いている。

芝崎の胸に熱い思いが忽然と込み上げる。

亡き父母の顔や戦死した長兄の面影がまぶたの裏に浮かび、幼馴染みの愛しい娘に別れを告げた遠い昔が、昨日のことのように脳裏によみがえる。

恩愛に背かず

長兄の賢一の戦死の知らせが届いたのは、第二次大戦も末期の昭和十九年の秋だった。サイパン島が陥落し、制空権を制したアメリカのB29による本土爆撃の脅威にさらされる中で、都会では児童の田舎への集団疎開が始まっていた。

賢三は二十九になっていたが、独身で、岐阜の薬学専門学校を卒業した後は、研究室に残り新薬の研究開発に取り組んでいた。

悪化の一途をたどる戦局に、日本列島はやり場のない悲壮感に包まれていたが、芝崎は〈戦争が終われば、研究開発した新薬をもとに故郷の奈良で製薬会社を興すんだ！　そして、財力を貯えて新聞経営にも参画して己の存在を県民に知らしめ、機会があれば、政治家として世に出るのだ〉と、自分自身を奮い立たせ、将来に望みを膨らませていた。

薬学専門学校の弁論部で弁舌を鍛えたのは、行く末は政治家として身を立てたいとの思いからだった。

また新聞経営に関しては、大和日報を創刊し、新聞を足場にして政治家の道を目指した同郷の先人を見習ってのことだった。

賢三は男三人兄弟の末っ子に生まれ、長兄の賢一とは五つ年が離れていた。

次兄の賢次は賢三が生まれる二年前に腸チフスで幼くして亡くなり、村役場で会計係をしていた病弱な父親は、彼が尋常小学校に入学した年の冬に結核で死んだ。

戦死した賢一は小学校を卒業すると、寺の住職の口利きで吉野の町の薬屋で住み込みの丁稚となり、漢方で処方した感冒薬や胃腸薬など家庭での置き薬の行商に出掛けた。

三十半ばの寺の住職には、賢三の幼友達である千代という一人娘がいた。

年端も行かぬ身で、奉公勤めに出た長兄の肩には、大黒柱の父親を失って困窮した家計の下での食いぶち減らしのほかに、小学校へ通い始めた賢三の学費稼ぎが懸っていた。

賢三は勉強することが好きなのか、小学校に上がる前から、文字もろくに読み書きが出来ないのに、兄の賢一の教科書を手にして興味深そうに見入っていた。

弟思いの賢一は、貧しさで上級の学校へ進めなかった自分の代わりに、賢三には、好きな学問の道を歩ませて上げたいと心の底から思っていた。

また、当時は教科書すら買えぬ家庭の貧しさから、就学年齢に達すると、村を離れて町の商家へ奉公する子供が多かったせいか、薬屋へ丁稚奉公に出された賢一は、それをさも当然のことのように受け止めた。

涙をこぼさずに親元を去った。

賢一は薬箱を包んだ、背中からはみ出すほどの大きな風呂敷を背負って行商へ出掛けた。

紺のはっぴ姿に手甲脚絆を巻き、地下足袋を履いて大和盆地の町や村々を、電車やバスを利用しながら駆けずり回った。

丁稚奉公をし始めてから十年――。実直で働き者の賢一は店の主人に気に入られ、芝崎家の婿養子となり一人娘の房江を妻に娶った。賢一は二十二、房江は二つ年上の二十四だった。

薬屋の跡取りとなり、商売に一層励んだ賢一の援助のお陰で、賢三は下宿生活をしながら町の旧制中学校で学ぶことが出来た。そればかりか、卒業後は兄の希望で岐阜の薬学専門学校へ進学した。

この間、賢三が奈良の地を離れる半年前の昭和九年の秋には、吉野地方一帯は室戸台風の襲来で甚大な被害を被った。多くの死傷者が出たほか、山林はなぎ倒されて道路は寸断された。

賢三の実家もトタン屋根が吹き飛ばされたが、独り暮らしの母親は幸い無事だった。

また、東北地方では冷害による大凶作で、農村では家族を飢えから救うために娘たちの身売りが相次いだ。

庶民が過酷な自然災害に苦しみ、喘ぐ中で国家は準戦時体制の名の下に着々と軍備の増強を図り、戦争への道を歩み始めていた。

荒々しい軍靴の響きは、美濃部達吉博士の天皇機関説を排撃し、学問や思想の自由を押し潰した。

賢三が吉野を離れた翌十一年二月、雪の東京を占拠した陸軍青年将校たちの反乱が起爆剤となって軍部が著しく台頭した。

そして、昭和十二年の夏、中国北京の郊外で発生した蘆溝橋《ろこうきょう》事件が口火となって全面的な日中戦争へ突入し、太平洋戦争へと戦線が拡大するなかで、やがて国民は敗戦の泥沼へと引きずり込こまれていった。

兄の賢一の元に、召集令状の赤紙が届いたのは昭和十八年の春のことだった。

賢一は三十二で、妻の房江との間に六つになる男の子と二つになる女の子がいた。米や食用油などが配給制になるなど生活必需品が不足し、国民は厳しい耐乏生活を強いられていた。

戦局も悪化の兆しを見せ始めていた。

アメリカを主力とした連合軍の反撃で、大東亜共栄圏の建設を旗印に掲げて、占領地を広げる日本軍の進撃は後退を余儀なくされていた。

だが、そうした実態を知らされていない銃後の国民は、戦勝気分にまだまだ酔いしれていた。

賢一は、地元の連隊に入営した後、すぐに満州に渡った。そして戦局が不利となった西太平洋のグアム島へ移り、昭和十九年の夏に戦死した。

悲しい知らせは町の役場から芝崎家に届けられたが、賢一の遺骨はおろか形見の品すら無かった。

二人の子供を抱え、賢一の帰還をひたすら待ちわびている新妻には、戦死を報じた二つ折りの公報紙を手渡されただけでは、最愛の夫の死は到底受け入れられるものではなかった。

仏間に通され、丁重な悔みを述べる役場の幹部に、両親は「ご足労をお掛けし、ありがとうございました」と古畳に額をこすり付け感謝の気持ちを述べたが、気丈な房江は涙一つこぼさず、唇をかみしめ黙って下うつむいていた。

〈夫はジャングルの中をさ迷いながらも生きている。人一倍丈夫な体をした夫は、今にきっと帰って来る！〉

房江は自分自身にそう言い聞かせ、賢一の葬儀を営もうとする老いた父親の言葉に耳を貸さなかった。母親も娘の気持ちを不憫に思えて無理強いはしなかった。

芝崎家からの電報で、大急ぎで奥吉野から駆け付けた賢三の母は、そうした房江の心情や賢一の葬式を出せない事情を当主の父親から聞かされた。

無口な母親は得心するほかはなかったが、一銭五厘の赤紙で兵隊として召集され、お国のために遠い異国の地で戦い、命を絶った我が子のことを思うと、たまらなく可哀そうでならなかった。

息子の死をひっそりと胸に畳み込み、母親として、この先生きていくのが死ぬことよりも辛かった。

彼岸に長兄の供養をするという母親からの手紙で、賢三は久しぶりに岐阜の下宿先から奥吉野の実家に戻った。

電車とバスを乗り継いでの一日がかりの旅程で、それも敵機の空襲に怯えながらの里帰りだった。

山中家の墓地は、自宅の裏山の斜面を削り取った猫の額ほどの平地にあった。

苔むした小さな墓石が六つ、肩を寄せ合うように横一列に並んでいた。先祖と祖父母や病死した父親、幼くして亡くなった賢三の二番目の兄の墓だった。

戦死した賢一の墓は、先祖や父親の墓列の端っこに急ごしらえの土饅頭《どまんじゅう》が設《しつら》えてあった。

湿り気を帯びた、うず高い褐色の土饅頭の墓前に線香が焚かれ、両脇の地面に突き立てられた、青竹の花筒には白い野菊の花が手向けている。

川を挟んだ対岸の山すそに、寺の小さな本堂が垣間見えた。

寺には賢三の幼馴染みの千代が住んでいたが、昭和九年の室戸台風で山崩れの被害に遭い、庫裏が土砂に押し潰されて中にいた母親が犠牲となった。

住むところを失った住職の父親と一人娘の千代は間もなく、奈良の親戚を頼って村を離れた。以来、檀家だった寺は無住《むじゅう》となり荒れ果てていた。

《千代ちゃんはどないしとるんやろ》

橋のたもとのバス停に、母親や檀家の人たちと共に住職と千代を見送りに出た賢三は、自分に向かって微笑みながらお辞儀をし、風呂敷包みを胸に抱いてバスに乗り込む千代の寂しげな横顔を、心の片隅に思い浮かべていた。

薬専への進学を控えた賢三は十八、紺のモンペに白いブラウス姿で、髪をお下げに結った千代は十五の少女だった。

十年ひと昔というが、頼みとしていた長兄

を戦争で失い、悲しみに暮れる賢三には、遥かに遠い昔の出来事だった。

寺の僧がいないため、回向の経を捧げることが出来なかった。

代わって母親が墓前にひざまずき、鉦《かね》を叩きながら小声で一心に念仏を唱える。

髪を短く刈り上げ、カーキ色のズボンに白い半そでシャツの賢三は、髪を後ろで髷に結った、紺のモンペ姿の母親の傍らにしゃがみ込み、頭を垂れ、両目を閉じて合掌した。

その夜、赤茶けたトタン屋根の下で賢三は久しぶりに母親と食事を共にした。

麦飯で、漆のはげ落ちた飯台の上には、裏の畑で採れたカボチャの煮つけと七輪の炭火で塩焼した川魚が小鉢や皿に盛っていた。

入り口の土間を上がった板の間に座った母と子は、言葉を交わすことなく、ただ黙々と食べた。

夕食を終え一息ついたところで、母親が重たい口を開いた。

「芝崎の主人が、戦死した賢一の代わりに、お前を跡取りに迎えたいと言うとるが、どうする？」

黄色い裸電球の下で母親がぼそぼそと言った言葉を、賢三は三十年の時を経た今もはっきりと覚えていた。

芝崎の跡取りにという母親の何気ない一言には、子供二人を抱えて戦争未亡人となった房江の後《あと》入り婿になることが、当然の約束事でもあるかのように、賢三の胸に重苦しく響いたからだ。

賢三は古畳が敷かれた寝間で薄いせんべい

布団にくるまり、山の冷気がしみる秋の夜を、川のせせらぎの音を耳にしながら、まんじりともせずに一晩過ごした。

冴え冴えとした脳裏に、自分を可愛がってくれた兄の優しい笑顔と、祝言の席で初めて目にした角隠しの下の取り澄ました房江の白い顔が浮かんでは消えた。

そして、戦死する半年前に兄が寄越したはがきのことが思い出された。

南方の戦地から、遥々海を越えて届いた一枚のはがきは、亡き兄の形見として賢三には宝物だった。下宿の部屋の片隅に置いてある、柳行李《やなぎごおり》の底に大事に仕舞っていた。

はがきは黒い鉛筆書きで、仮名交じりのたどたどしい字でこう書かれていた。

「賢三、兵隊にはなるなよ。もし俺が死んだら、房江と子供のことをよろしく頼む」

賢三は思い悩んだ末に、戦争未亡人となった房江の婿として芝崎の家を継ぐことを決心した。

幼いころから賢一に甘え、彼が薬の行商で汗水流して稼いだお金で、尋常小学校を終えた後、上級の旧制中学で勉強することが出来たばかりか、兄の希望とはいえ薬学専門学校まで進むことができた賢三にとって、一生で、それもたった一度の兄の願いを断れる道理はなかった。

「社長」

背後でぼそっと低い声がした。

芝崎はふと我に帰った。

「そろそろ・・・・」

振り向くと、運転手の中村が軽くお辞儀を

している。

　グレーの地味な背広姿の中村は三十五、六。年齢的には社長の芝崎より十以上も若いが、細身で背丈も低く、日焼けした頬はこけ、短く刈り上げた頭の毛も薄くかなり老けた感じだ。

「そろそろやな」

　芝崎は左手の腕時計に目をやり、ため息交じりにつぶやくと、湖面に背を向けゆっくりと歩き始めた。

合併にそっぽ

「我が奈良県は、日本で一番雨の多い大台ケ原山系を有しながら江戸時代から水不足に泣かされてきました。お皿のように底の浅いため池に頼って、米作りに励んできた大和平野の農家の皆さんは、水が少ないために大変苦労してまいりました。そんな大和平野の水不足を解消するために、ここ奥吉野に県民待望の大規模ダムが完成したことは実に喜ばしいことであります。人口も百万の大台をまもなく超えようとしている本県の、今後益々の発展へ向けて文字通り呼び水になることと存じます」

黒のモーニング姿で演台に立った知事の木村は国会議員、市町村長や県会議員といった居並ぶ来賓を前にして、常と変らぬ淡々とした口調で挨拶した。

還暦は疾うに過ぎ、古希を間近にした今では、七三に分けた頭の毛は薄くなり、色白の端正な額にしわも浮かんでいるが、すらりとした木村の長身からは、高級官僚としての気位の高さと、確固たるビジョンと信念に基づいて二十年もの長い間、県政のかじ取りをしてきた自信と誇りがにじみ出ていた。

芝崎は、演壇に向かって左側のテーブルの最前列のいすに座り、両眼を閉じ、うつむき加減に木村の挨拶を聞いていた。

ダムが奈良県にとって不可欠なものであり、将来の発展への大きな原動力になるという木村の話はもっともであるが、それで終わってしまったのが芝崎には物足りなかった。

六選を不動のものとしている木村が疎ましくもあった。

商才にたけている彼は、天の恵みと広大な森林資源によってもたらされる日本一豊富な奥吉野の雨水を、奈良県はもっと貪欲に利用すべきだと常々思っていた。

具体的には、吉野川の水を水需要の増大する大阪側に買ってもらい、それによって得た富は、ダム造りで犠牲を強いられ、過疎化に苦しんでいる、自分のふる里でもある吉野地方の振興に役立てるべきだと考えていた。

ダムによって生み出される、水利用に関する木村と芝崎の考えの相違は、奈良県の将来的な在り方を巡る考えの違いでもあった。

議論の礎《いしずえ》になったのは、現行の都道府県制を廃止し、全国を道と州に新たに区割するという道州制の導入に関して、長年に渡って審議してきた国の地方制度調査会が示した提案だった。

提案は、芝崎が大和日報の社長になる前年に出されたもので、道州制の実施に先行する形で、社会的、経済的に密接な関係にある都道府県の「自主的合併」を打ち出したことで、芝崎が待ち望んでいる阪奈和合併が、いよいよ具体的に議論の俎上《そじょう》に乗ることになった。

大阪、奈良、和歌山の三府県による合併が持論だった芝崎は、国のお墨付きを得て合併論を吹聴してやまなかった。

文化圏は京都に、商圏は大阪にというのが昔からの大和の体質とあって、地元経済界では、芝崎の考えに賛同する声が強かった。

だが、知事の木村は無視した。

大阪の堺県からの分離独立のために尽くした、明治時代の奈良の先人たちの労苦に思いを馳せる彼には、大阪との合併は情において耐えがたいものがあった。

それと同時に、合併に伴う行政の歪《ひず》みの面で危惧することも多かった。

合併で一つの自治体になっても、商都の大阪へ人も富も集中し、奈良や和歌山は繁栄から取り残されるばかりか、知事に就任して以来、保全に努めていた古都の歴史的環境や自然が、公害をまき散らす工場などの進出によって破壊されるのでないかという心配が先に立った。

木村は、阪奈和合併を巡っての県議会の議場での答弁や集会での挨拶の中で、日本の古都としての奈良県の独自性と存在意義を力説するだけで、阪奈和合併論には一顧だにしなかった。木村のバックには、ご意見番の石黒がいた。

石黒は

「古代国家が初めて建設され、壮麗な民族の文化が花開いた奈良県は唯一無二の存在である。我が国最初の都で、第一級の文化財である平城宮跡の保存と発掘調査が軌道に乗り始めた今日、民族の心のふる里である奈良県の県名を、阪奈和合併で日本の地図の上から抹殺してはならない。国民的見地からも考え直すべきだ」

と、社説で真っ向から反対していた。

以前、道州制や広域行政について審議する国の地方制度調査会の一行が、知事の木村を始めとした県の関係者との懇談のために奈良を訪れた。

一行を迎えた木村は

「阪奈和合併が、奈良県の経済的発展になるといわれるが、県民の生活の向上は、経済上の問題だけではない。それ以上に大事なのは、県民の暮らしを取り巻く環境だ。公害のない清らかな空気と水、それに豊かな緑といった環境を維持することの方が大切なんだ」

と、極めて冷淡で素っ気なかった。

石黒は石黒で、懇談会が低調に終わったことを社説で取り上げ、《大阪、奈良、和歌山の合併問題を直接取り扱う調査会の委員たちは、県民世論も合併への機運が盛り上がっているると思って奈良へ乗り込んで来たというのだから、全くの驚きだ。合併への強い反対論があることを知らずして、阪奈和合併の答申案をまとめられたらと考えると、結果として、調査会の一行の来県は実りあるものだった》と大和日報の紙上で皮肉交じりに論評した。

これに対して芝崎は、地元の経済人との懇談会で、阪奈和合併が実現すれば、商都大阪とより緊密な関係になり、低迷している奈良の経済の活性化になると力説した。

その上で、古くから歴史的につながりの深い大阪の協力を得て、奈良の地へ首都機能の移転を目指すべきだと、夢物語のような〈奈良遷都論〉をぶち上げた。

また、太平洋に垂れ流しになっている大台ケ原山系の豊かな水資源を、水需要の著しい大阪へ買ってもらい、それで得た金で、水源である大台山系の山々の維持管理など、林業を基盤とした奥吉野地域の振興を図ることは、地元の奈良県のみならず大阪、和歌山両府県の発展を考える上で重要であると、自らの考えを披歴した。

その具体策としては、我田引水の考えであると断った上で《吉野川の水を大阪側へ送水するために、大阪と奈良の府県境である金剛山麓に、車両の通行も可能な導水トンネルを掘るべきだ》と、機会あるごとに訴えていた。

県会の一匹狼

地元の村長の挨拶、国会議員の祝辞やダムの建設にあたった工事関係者への感謝状の授与などが行われた後、県会議長の大野の乾杯の音頭で祝宴に入った。

「社長さん、ご無沙汰しとります」

芝崎の元へ、悠然と大股でやってきたのは県会議員の鈴木だ。

額の辺りの髪が薄くなった頭はオールバックで、紺のダブルの背広を着ている。

大柄で、ほお骨が張り出したごつごつした赤ら顔をしているので、同僚の県議たちは、鈴木のことを《ゴリラ》と陰で呼んでいた。

「やあ、君か」

芝崎は鈴木を見上げ口元に笑みを浮かべた。

芝崎は、県議会の一匹狼として時折、爆弾発言をして議場を騒がす鈴木を好ましく思っていた。

鼻っ柱の強さも互いに似通っていた。

鈴木は保守系で四期目の古参議員だが、県会議長の大野とそりが合わないために民自党県議団に所属せず、二人の無所属議員と会派を組んでいた。

このため、正副議長のいすはもとより、主要な委員長ポストには全く無縁だった。

しかし、がきの時分から柔道で鍛えた頑丈な体つきと向こう意気の強さ、さらには重心の低いどっしりした体つきに似合わぬ機敏な行動力に物を言わせ、県会の要である議会運営委員会に名前を連ねるなど、隠然たる地位を築いていた。

また、長年所属している建設委員会では公共工事の談合問題を、厚生労働委員会では、県立医大の不正入学に関する黒いうわさを取り上げて当局を手厳しく追及するなど、一匹狼の名に違《たが》わぬこわもての存在だった。

鈴木は腰をかがめて頬をすり寄せ、芝崎の耳元でささやいた。

「今朝の新聞でお宅の石黒主幹が、奥吉野のダムの完成は奈良百年の大計の礎であると祝福しとったので、知事もえろう機嫌ようしとりまっせ。挨拶に行ってみはったらどうです？」

「わしが知事さんのところへか？」

芝崎は露骨に顔をしかめ、隣り合った真ん中のテーブルの最前列に陣取った知事の木村の方へちらっと流し目をくれた。

途端に、吉野川の畔にある自宅で、起きぬけに石黒の社説を目にした時の嫌な気分を思い出した。

下戸で、宴席をあまり好まぬ木村だが、国会議員や議長の大野を始めとした取り巻きの県会議員たちの辞を低くしての祝福に、目元を細めすこぶる上機嫌だ。

芝崎の目には、知事としては、全国的にも稀な六期連続当選を半ば掌中に収めた、木村の憎たらしいほどの自信と余裕に映った。

それというのも、次期知事選の対抗馬と目されている奈良市長の中沢が、目玉政策に掲げた新しい市庁舎の建設計画が暗礁に乗り上げ、知事選出馬を考えるどころではなかったからだ。

猿沢池の畔《ほとり》にある市庁舎は老朽化が著しく、しかも行政事務が煩雑になり、職員も増える中で手狭になっていた。

駐車場のスペースも十分に確保できず、郊外からマイカーで市役所を訪れる市民などから苦情を買っていた。

このため、市民への行政サービスの向上の面で市庁舎の移転新築への要望が高まっていたが、一方で地元商店街をはじめとした周辺地域の住民からは移転反対の声が根強かった。

中沢は市民の期待に応え、二期目の当選を果たした三年前から、新市街地として発展の目覚ましい西の大宮地区での新庁舎の建設構想を明らかにし、その財源には、市が保有する山林を国の住宅公団に住宅建設用地として売却することにしていた。

中沢は記者会見で、市の財政や市民に負担を強いることなく巨額な庁舎建設資金を調達できることから〈無から有を生じる市庁舎造り〉と、自信たっぷりに大見得を切ったのだ。

ところが、売却を予定した京都府との府県境に接した奈良阪の山林が、大和盆地を囲む山並みの一角を構成し、保安林にも指定されていることから〈古都の景観を破壊し、防災面からも問題がある〉と県の審議会が真っ向から反対した。緑の保全を重視した木村の意向を反映したものだった。

新庁舎の建設を奈良市民への置き土産にして、華々しく知事選へ討って出ようとした中沢の思惑は出鼻をくじかれ、新庁舎の建設計画は宙に浮いたままになっていた。

　奈良市政担当の岬は、市民のために新庁舎を建設しようとする中沢を側面的に支援するために、奈良阪開発問題についてキャンペーン記事を掲載した。

　五回の連載記事の中で、住宅地の建設を予定した保安林が、京都府との境を接した大和平野を取り囲む青垣の山々の北の外れにあるので、開発しても大和平野の歴史的景観を損なわないという、市当局の見解の妥当性を強調した。

　その上で、開発を県が許可しないのは、中沢の知事選出馬を阻む木村の政治的思惑によるものだという、市議や市内の有力者の声を紹介したが、山林の売却に〈待った〉を掛けた、県の審議会をリードしているのが他ならぬ石黒だった。

　知事選は半年足らずに迫っていた。

　芝崎は苦々しい気分になった。

「会社で会議があるんで、すまんが引き揚げさせてもらう。近いうちに一杯やろう」

　芝崎は、鈴木に向かってにたっと笑みをこぼすと、席を立って会場の入り口へと向かった。

　朗らかな談笑に包まれた、祝賀会場を立ち去る芝崎の胸中には、ゆったりとした足取りとは裏腹に、切羽詰まったような重苦しさが漂っていた。

　駐車場に待たせていた乗用車に乗り込み、ダムを後にした芝崎に、湖底に沈んだ山峡のふるさとへの感傷に浸っていられるほどの心の余裕はなかった。

彼が県政打倒へ向けての社内の足場固めとして意図した、大和日報の設備の近代化と組織の刷新が、まさに正念場に差し掛かっていたのだ。

芝崎は、来年の秋に大和日報が創刊二十五周年を迎えることから、その記念碑として念願の高速度輪転機の導入計画を、年明けの仕事始め式でぶち上げることにしていた。

増ページや紙面のカラー化といった新聞業界の潮流に、大和日報が遅ればせながらも付いて行くためには、何としても高速度輪転機が不可欠だった。

導入には金融機関からの巨額な借り入れを伴うが、後々の返済に関して芝崎にはそれなりの目算はあった。


それは一にも二にも売れる新聞、読まれる新聞づくりだった。しかも、ことは簡単だった。

保守系の知事としては全国で初めてとなる、木村の七選阻止を眼目とした一大キャンペーンの展開である。

大和日報の社長に就任した早々にぶち上げたが不発に終わり、木村の六選をやすやすと許してしまったが、七選阻止へ向けて、今度こそは本格的に論陣を張る積りだった。

二十年に及ぶ、長期県政の腐敗不正を許さないという大和日報の断固とした姿勢が特ダネ記事となり、大々的に紙面を飾るようになれば、広く県民の共感を呼ぶばかりか、底流にある多選批判ムードを喚起するに違いないと心の中で読んでいた。

そうした機運に乗じて、県下の販売店に呼びかけて一大増紙運動に乗り出せば、読者はうなぎのぼりに増えていくと芝崎は確信していた。

新聞の販売部数が伸びれば、それに比例して広告の収入も上がるし、会社の業績を飛躍的に向上させることはさほど難しいことではないと思っていた。

そうなれば安月給に甘んじている社員の待遇改善を図ることができるし、長年の悲願である老朽化した社屋や工場の建て替えといったことも夢ではなかった。

それればかりではない。

大和日報の社運が隆盛をきわめるようになった暁には、己自身も〈県政界の陰のドン〉として、その存在を広く県下に知らしめることができるのだ。

戦死した兄に代わって薬屋の婿養子となり、政治家への夢をあきらめざるを得なかった芝崎にとって、舞台裏で奈良県政界を取り仕切る〈影の知事〉は、望み得る最高の栄誉だった。

彼が大和日報の社長になったのも、そうした政治的な野心があったからにほかならなかった。

「もはや猶予は出来ない」

芝崎は、知事の木村を支えている石黒の膝下にある編集局の一大改革へ不退転の決意を固めた。

宵闇に暮れた奈良の街を後にして芝崎は遠路、吉野の自宅に引き上げた。

母屋で暮らしていた房江の両親は既に他界し、長兄の遺児や房江との間に出来た二人の子供も結婚して独立しており、吉野川を望む広壮な屋敷は夫婦二人だけの暮らしだった。

芝崎は、夕餉の膳に熱燗を銚子で一本添えるように房江に頼んだ。

「あれまあ、酒を飲みはるんですか」

房江は目を丸くし、少々素っ頓狂な声を上げた。

大和日報の社長に就任し、平生は宴会やパーティーなど、外で飲食して帰宅することの多い芝崎が、自宅で晩酌することは滅多になかった。

宴席に侍るのは好きでいとわなかったが、斗酒猶辞せずの石黒と違って、酒はたしなむ程度だった。家で口にするのは盆、正月の休みぐらいだった。

「ああ、一本でええから」

芝崎は房江の顔をろくに見ずに返事した。

「あんた、何かおましたんか?」

飯台を挟んで向かい合って座っている房江が、しげしげと夫の顔を見る。

「別に」

うつむき加減の芝崎は素っ気ない。

房江はサンマの開き、カボチャと里芋の煮つけ、それに菜っ葉の漬物などが添えられた膳の前からさっと立ち上がると、酒の支度をするために台所へ向かった。

夫婦として互いに心は通じ合ってはいるものの、会話が弾むことはほとんどなかった。

妻は戦死した兄の嫁であり、夫は戦死した兄の弟という夫婦の間柄が、目には見えぬ心の垣根となって、二人の間に今も横たわっていた。

　賢三が芝崎の家に入ったのは、兄の賢一の戦死から半年ほど経った昭和二十年の正月明けだった。東京が空襲されるなど、日本本土は戦火の坩堝《るつぼ》にさらされていた。

　奥吉野の実家で独り暮らす母親を、芝崎の家に呼んでの内輪の祝言だった。

　賢三は三十で、房江三十六。房江と兄の賢一との間に生まれた連れ子の男児は八つで、小学校の二年生になり、下の妹は四歳になっていた。

　賢三は六つも年上の房江を〈房江さん〉と呼び、房江は賢三を〈賢三さん〉と呼んだ。

　結婚して自分の妻になったとはいえ、勝気な房江は、賢三にとって少々おっかない兄嫁であり、房江にしても、賢三は年下のやんちゃ坊主のような存在だった。

　母屋の十畳ほどの広さの離れで寝起きを共にしながらも寝床は別々で、房江は二人の子供と一緒の布団にくるまって寝た。

　二人が夫婦として結ばれたのは結婚から半年たった秋だった。

　賢三は夜更けに黙って床の中に忍んで来た房江に導かれ、細くくびれた白い肌を初めて抱いた。

　古くから漢方の家庭薬の製造販売を生業としてきた、芝崎家の家督を受け継いだ賢三は、国家の非常時と敗戦の悲しみを乗り越え仕事に精を出した。

　薬が乏しかった時代で、製造すればそれだけ売れた。

商売にますます熱が入り、家産が膨らむなかで、賢三は新しい漢方薬の開発にも打ち込んだ。

奥吉野にダムの建設計画が持ち上がり、山峡のふるさとが水没するといううわさ話を、母親が手紙に書いて賢三へ寄越したのは房江と結婚してから五年ほど経た師走だった。

創刊から間もない大和日報の紙面で、ダムの計画があることは賢三も承知していたが、それが現実のものとなり、郷里の村が湖の底に沈んでしまうとは夢にも思っていなかった。驚いた賢三は矢も盾もたまらず、バスに乗って実家へと帰ったものだった。

波乱含みの年明け

新しい昭和四十六年が明けた。早々の知事選挙は、六選を目指す現職の木村の当選が確実視されている。

芝崎としては、保守系の知事では全国初となる、七選がかかった四年後の知事選にすべてを託すほかなかった。

阪奈和合併論を一顧だにせぬ長期の木村県政を打倒し、己の盟友で、合併に前向きな〈中沢新知事〉の誕生を実現するための新たなスタートだった。

大和日報の紙面を通して、知事選へ向けての阪奈和合併の世論作りを進めるためには、社長である芝崎自らが陣頭に立って進軍ラッパを吹き鳴らすほかはなかった。

木村のご意見番である石黒に、新聞の編集をもはや任せてはおれなかった。

時期を同じくして代表取締役となり、経営と編集を役割分担しながら大和日報の再建に取り組んできた芝崎と石黒だが、二人の目指す方向は余りにも違っていた。

一淵《いちえん》に双竜棲《す》まずの例えではないが、大和日報という小規模な地方新聞社に、強烈な個性と考え方をともに持ち合わせた二人の指揮官は不要だった。

石黒の退任を決める決算取締役会と株主総会は、目前に迫っていた。大和日報は毎年十二月末を決算日とし、翌年三月の株主総会で取締役の選任などの案件と共に決算報告を行っていた。

仕事始めの正月五日の夕刻、年初の編集会議に臨んだ芝崎の胸には並々ならぬ決意が溢れていた。

「では、ただ今から今年初の編集会議を開きます。まず芝崎社長よりお話しを賜わります。社長、よろしくお願いします」

会議の進行役である筆頭デスクの熊沢が、いすに座ったまま神妙に口を開いた。

茶の背広に桜色のネクタイを締めた芝崎は、口元をぐっと引き結び、いすからさっと立ち上がった。

「仕事始め式で申し上げたように、今年は、我が奈良県と大和日報の将来にとって、大変重要な一年であります。それは一に、知事選挙への取り組みと報道にかかっていると申しても、決して過言ではないでしょう」

芝崎のほおは紅潮し、言葉は次第に熱を帯びてくる。大勢は既に決しているが、知事選報道に自然と力がこもる。

「記者諸君も周知の如く、知事選挙の争点は、六選を目指す現職の木村知事の多選と阪奈和合併の是非ですが、目下のところは、賛成と反対の両論が巷間取り沙汰されているところであります。そうした県民世論の狭間《はざま》にあって、我が大和日報が、奈良県と我が社の将来にとって有益となる報道を如何に展開していくかであります。その成否が、郷土の発展と我が社の将来を左右しかねないのであります。大和日報に課せられた使命は極めて重大で、すべては記者諸君の双肩にかかっているのであります。記者諸君！　そのことを十分に自覚して、既に始まっている知事選の取材、報道に当たってほしい。編集局の一層の奮闘を会社として大いに期待し、激励の挨拶とします。それじゃあ僕は、これで失礼する。後はよろしく頼む」

芝崎は立ったままの姿勢で、右隣に座っている編集局長の春木の方へちらっと視線を落とし、席を離れた。

紺の背広に柿色のネクタイを締めた春木は、会議室から出てゆく芝崎にごま塩頭を軽く下げたが、芝崎の左側に隣り合って座っていた論説主幹の石黒は素知らぬ顔だった。

灰色の背広上下にノーネクタイ姿で黒ぶちの眼鏡の奥の両眼を閉じ、ぼってりとした口元をへの字に結んでいた。

芝崎が会議室を出たのを見届け、熊沢が口

を開く。

「引き続きまして、春木局長よりご挨拶を頂きます」

春木が両手をテーブルにつき、縁なしの丸眼鏡の奥で瞬きをしながらゆっくりと腰を上げる。

「社長のお話にありましたように、今年の編集局の最大の仕事は現下の知事選報道です。選挙の大きな争点となる阪奈和合併の是非は、奈良県の将来に関わる一大事であるだけに、大和日報は、郷土紙として鼎《かなえ》の軽重が問われる年になろうかと思います。編集の責任者として、責務の重さを痛感いたしていまます。取材にあたる記者の皆さん方と力を合わせ、奈良県のオピニオンリーダーとして、精力的に知事選報道に取り組んで参りたいと思っていますので、よろしくお願いします」

春木はうつむき加減に静かに語り終え、腰を下ろした。

新年早々の編集会議は、例年の華やいだ雰囲気はなく、のっけから重苦しい空気に包まれた。

「論説主幹の方から何かお話は」

熊沢が、石黒に遠慮がちに声を掛ける。

「わしの方からは別に」

寂の利いた石黒の声には、どことなく白々しい響きがあった。

石黒の素気無い返事に、熊沢は二の句がつげずに下うつむいた。

しばしの沈黙が続いた後、素っ頓狂な声がした。

「局長！　わし、ちょっと聞きますが」

声の主は、熊沢と向かい合った席に座った古株の畑野だ。

四十半ばの彼は、自宅のある農村地帯の支局を担当していた。

かつては勇ましい軍国少年で、太平洋戦争の末期に特攻を自ら志願して飛行兵になったという異色の経歴の持ち主だ。

山間地域を守備範囲とした吉野郡などの支局の記者は、地方紙である故か、土着の年配者が多かった。

家の農業を手伝ったり、代用教員だったり、山仕事をしていたりと、支局勤めに至るまでの職歴はさまざまだった。

中には、全国紙の通信部の記者として奈良の地にやって来て、終《つい》の住処《すみか》と定めたのか、定年後に大和日報の支局で働いているベテラン記者もいた。

いずれも、苦難の戦時下をくぐり抜けてきた老練な古兵《ふるつわもの》で、ペンよりも、むしろ口の方が達者だった。

「何か」

春木が驚いたような表情で、肌色のジャンパーを無造作にまとった畑野の方を見る。

「いやあ、別に大したことはおまへんのですが、社長や局長の話を聞いて、我々、編集の記者も、知事選へ向けていよいよ決起するんやと思うと、胸がわくわくしとるんです。局長、要はでんな、奈良が大阪と一緒になれば経済的に潤い、我々の大和日報も発展するので、その方向でどしどし取材し、知事選ムードを盛り上げろ！　そういうことでんな」

目元に笑みを浮かべ、畑野が声を弾ませ

る。

ちびで、日焼けした四角い顔はのっぺりとして風采が上がらないが、気さくで世話好きな性格が愛されてか、地域の婦人たちに妙に人気があり、艶聞が絶えなかった。

また、記者と営業マンとの二足のわらじを履き、広告収入でがっぽり稼いでいたので、社内では《新聞原稿より、口説き上手の後家殺し》と、嫌味半分に陰口を叩かれていた。

「知事選に臨む我が社の態度について、役員会で正式に意思決定はされていませんが、概ね、そんなところかと思います」

春木は遠回しに肯定したが、それまで黙って聞いていた石黒がすかさず口を入れた。

「畑野君、そんなに、しゃかりきにならんでも、ええんやないか。会社の方針が正式に決まっとるわけでもないんやから」

腕組みをした石黒は、じろりと畑野に流し目をくれると、たしなめるように言った。

「そやけど主幹、阪奈和合併は芝崎社長の持論やし、編集会議に出て来て、我々に発破《はっぱ》を掛けたのは、そうした方向で頑張ってくれということでっしゃろ」

畑野は臆せず言い返す。

「君な、そんな言い方はすんな！　ベテランの君には釈迦に説法やろうが、大和日報は社長のための新聞じゃないんだ。奈良県民のために存在するんや。ましてや、阪奈和合併は、日本の長い歴史と文化の源流の地であり、日本人の心のふる里である奈良県の存亡に関わる一大事なんだ。奈良の県民にとっては、自分の国がどうなるのかといった大問題なんだ。阪奈和合併を軽々しく口にすべきじゃない！　社長の考えは考えとして、君ら記者諸君が自分自身で真剣に考え、しっかりとした自分の意見を持って取材活動を行い、紙面で報道していくことが大切なんだ」

石黒は眉間にしわを寄せ、畑野に向かって声高にぴしゃりと言い放った。

石黒の有無を言わさぬ気迫と見幕に、放胆な畑野も黙るほかはなかった。居並ぶ記者からの発言も無く、年初の編集会議は早々に幕を閉じた。

保存か、開発か

その夜、大和日報に程近い国鉄奈良駅前の屋台に高橋と岬の姿があった。

高橋は県政担当の中堅記者で、岬は社長の芝崎のお声がかりで、県都の奈良市政担当に抜擢された若手記者だ。

高橋が馴染みにしているマッチ箱みたいな小さな屋台は、二人のほかに客が一人いるだけだった。

高橋と岬の二人は肩を寄せ、おでんの豆腐や熱々の大根をつまみながらコップ酒をやっていた。話題は終わったばかりの編集会議のことだった。

「俺もな、二年前に県政のサブになった時は、今の知事選はともかくも、木村知事の七選が全国的にも注目される四年後の知事選報道は、県政担当のキャップとして、何としても自分が仕切るんだと張り切っていたんやが、今日の社長の話ぶりでは、どうも風向きが悪くなってきたようや」

白い防寒コートを着た高橋は四国の生まれで、年齢は三十代の半ばを迎えていた。

高橋は関西の大学を卒業後、大阪の中学校で社会科の教員をしていたが、三年ほどで退職し、古都奈良の歴史に憧れて大和日報の記者に転職した。

結婚して五年になるが子供はいず、同郷の夫人と市内の公営住宅で暮らしている。

「そこへいくと、岬君はいいよな。社長の覚えはええし、前途洋々やね」

「先輩！　弱気なことを言わんで下さい」

若草色のよれよれのジャンパー姿の岬が尖り声を出す。

頭髪を短く刈り上げ、浅黒い角張った顔をした岬は九州の出身で、二年前に東京の私大を卒業し大和日報に入社したが、高橋とは入社以前に面識があった。

というのも、岬が入社試験の最終面接で奈良市の本社を訪れた折り、驚いたことに、同郷の高校の先輩が大和日報の記者として働いていて、岬を高橋に引き合わし、面接を終えた日の夕刻から居酒屋で三人で酒を酌み交わしたからだ。

先輩は高校の二年上で、東大で哲学を学んでいた。岬は、都内で催された高校の同窓会で何度か顔を合わせたことがあるが、卒業後の消息については全く知らなかった。先輩は両親が亡くなり、実家を継ぐために岬が入社した春に退社し、帰郷した。

「別に弱気になっているんやないが、阪奈和合併に反対している俺が、いつまでも県政を担当していては、会社にとって都合が悪いだろうし、芝崎社長が承知せんわ。まあ、この春の異動でお役御免やな。はっはっは…」

高橋の色白の薄い口元に、自嘲気味の笑みが浮かぶ。

華奢な体つきに似合わぬ強情な硬骨漢だが、酒に酔うと、誰かれなく意見するのが悪い癖だった。

昨年暮れの編集局の忘年会もそうだった。社長の芝崎の席に押し掛け、酔った勢いで「奈良は日本の古都であり、経済的な利益に目がくらんで大阪や和歌山と合併すべきではない」と、くどくどと説教を垂れたのだ。

芝崎が顔をしかめ、辟易《へきえき》していた様子から、次の異動で県政担当を外されるのではと、社内でうわさされていた。

「それにしても、今日の編集会議での社長の話や畑野さんに対する論説主幹の、お説教じみた意見を聞かされると、憂鬱な気持ちになりますね」

岬がうんざりとした表情で言う。

「これからの大和日報のことを考えると、社員のほとんどが憂鬱な気持ちになっているんやないか。知事選が近付くにつれて、社長と論説主幹との路線の違いで、社内がごたごたするのが目に見えているからな」

「でも、それで一番とばっちりを受けるのは編集の記者ですよ。取材先で変な目で見られたりして、まともに仕事が出来なくなるかもしれませんしね」

普段は陽気で明るい酒の岬が、今夜は妙に愚痴っぽい。

「おいおい、今から弱気になってどないする。社長と論説主幹がどんな修羅場を演じようと、論説主幹が会議で言ったように、君は君自身として阪奈和合併について考えたらいいんだ。そして、事前企画に参加することになれば、自分の意見や考えを基にしっかりと取り組んだらええんや。君の若さと馬力で、社長や論説主幹を振り回したれ！　さあさあ、ぐっと一杯やれよ」

高橋は朗らかな口調で酒を勧める。

「分かりました」

岬は右手で燗酒《かんざけ》の入ったガラスのコップを握り、ぐいっと煽った。酒の方は、先輩の高橋に負けないほど強かった。

「ところで先輩は、論説主幹と同じように阪奈和合併に反対していますが、県政を担当しているから、そう思うのですか」

岬が高橋のコップに酒を注ぎながら尋ねる。

「俺が阪奈和合併に反対するのは、何も県政を担当しているからじゃないさ。自分なりに奈良の将来を考えてのことよ。合併賛成の連中は、金持ちの大阪と一緒になれば貧乏な奈良は発展し、大和平野の道路は整備され、吉野の奥地の開発も進み、過疎化に歯止めが掛かると思っているのだろう。確かに奈良の都市化に拍車が掛かり、高層ビルや大きな工場もどんどん出来るだろう。人や建物ばかりか、都会のゴミまで奈良へ持ち込まれてくるだろうよ。そうなりゃあ、古都のイメージは台無しや。奈良の地に憧れて大阪からやって来た僕には、そんなごちゃごちゃした奈良になってほしくないんや。論説主幹が県民に向かって、奈良県を日本地図から抹殺してはならないと訴えていたが、全く同感だよ」

高橋は熱っぽくまくし立てた。

岬は高橋のコップに酒を注ごうとしたが、金の銚子は生憎《あいにく》空っぽだった。

「大将！　熱燗一本頂戴」

岬がやけに明るい調子で声を張り上げる。

「あいよ！」

河童のようなはげ頭に、向こう鉢巻を締めた親父のしゃきっとした合いの手が響き、ほのかに湯気の漂う屋台に金の銚子がさっと差し出される。岬が手にして高橋のコップに注ぐ。

「岬君、君はどうなんや。社長のお気に入りやからいうて、合併に賛成ちゅうこともないんやろ」

高橋がやんわりと質す。

「僕は先輩と違って、奈良県が経済や産業の面でもっともっと発展して、県民の暮らしがより良くなるためには、大阪と合併したらよいと思っています」

岬はさらりと言ってのけた。

高橋がぎょっとして、赤みを帯びた尖った顎を岬に突き出す。

「何やて！　君は、県民の暮らしが経済的に豊かになるなら、古都としての歴史的な景観や情趣が損なわれ、奈良県という県名まで失われてもかまへんと言うのか？」

　咎めるような高橋の口ぶりだ。

「先輩！　そんな、決めつけるような言い方はしないで下さいよ」

　岬が朱に染まった顔をしかめる。

「決め付けるもこうもあらへん。極論すればそうやないか」

　高橋はむっとした表情で言い返すと、コップ酒を煽った。

　岬は遠慮がちに言い添える。

「日本の古い歴史を伝える堂塔伽藍や遺跡、それに仏さまや古美術品といったものは、国民の宝として守るのは当然ですよ。当たり前のことですよ。先輩、僕が言いたいのはですね、県民の暮らしが豊かになることが大切で、大阪との合併は、そのための近道ではないかということですよ」

　高橋がすかさず反論した。

「社長が言うように、奈良県自体がもっと豊かにならなければ、大切な歴史的文化遺産を護って行けへんと、君も言いたいのやろう。だが、よう考えてみ。今でも土地が安く、自然環境に恵まれた奈良へ、大阪から人がどんどん移り住み、大和平野はミニ開発で虫食い状態なんやで。合併によって大阪との交通がさらに便利になれば、大阪から企業や人がわんさと押し寄せてくるのは目に見えているやないか。そうなれば社長が言うように、税収が大幅に増えて、奈良県は確かに豊かになるだろう。大和日報の読者も増えて経営が今よりも楽になり、我々の給料も上がるだろう。でもな、県民が守って行かねばならぬ歴史的景観は、開発で損なわれてしまうんだぜ。いったん失われたものは、二度と取り戻せないんやで。岬君、それを、よう考えんとな」

岬に対して滔々と、熱っぽく語り聞かせる高橋の声には沈痛な響きがあった。高橋の指摘は、奈良へやって来てまだ日が浅い、後輩の岬にも十分理解出来た。

だが、岬自身は、奈良県にとって憂うべきは、社長の芝崎が常々口にする〈三割自治〉にも及ばぬ貧しい財政力ではないかと思っていた。国の財政に、負《お》んぶに抱っこなのだ。

奈良県の経済力や財政力の脆弱さは、立地環境を考えれば致し方ないことだった。県域の三分の二が山岳地帯だが、若者の都市部への流出で山村の過疎化は進む一方だ。

南北に細長い平野部は、歴史的景観の保全から開発が抑制されている地域が散在し、工場や産業の新たな誘致は難しい状況だ。

このため、自主財源の乏しさから国にどっぷりと依存しなければならないのだが、国家財政が窮迫すれば、たちどころに影響を受ける奈良県の現状を無視できなかった。

阪奈和合併論者の芝崎は、歴史的風土の保全と開発という奈良県が背負った二律背反的な課題について、社員を前にしてよくこんなことを言った。

「人はパンのみにて生くるものに非ずと、高名な学者がおっしゃられています。志を抱いて人生を歩みなさいと、人々に諭されておられるのです。僕も、自分自身の人生はそうありたいと思っております。でも、僕は諸君にあえて言いたい。人はパン無くしては生きられないのです」

国民の宝である奈良の文化遺産や歴史的風土は、そこに生きる県民の暮らしが、物心ともに豊かであってこそ守り続けて行けるのだと、暗に諭しているのだ。

岬は、芝崎の言葉に深く感じるところがあった。

「先輩の思いは良く分かりました」

岬はきっぱりとした口調で話を切り上げたが、胸の中は不完全燃焼でくすぶっていた。

決別

芝崎は、社長室の片隅に置かれた執務机の椅子にもたれ、独り考えに耽っていた。

四年先の知事選を睨み、芝崎が自身にとっても勝負の年とした新しい昭和四十六年も早や一月が過ぎ、立春の明日は株主総会に先立つ決算取締役会だった。

六期目に入った木村知事を今日まで陰で支え続けてきた、論説主幹の石黒の退任を決める決算取締役会は、長期県政打倒を目指しての大和日報の新たな門出《かどで》である。

机の上に、近く創刊する〈月刊・風見鶏〉の表紙のゲラ刷りが置かれている。上段に、特集記事として〈県会議長選挙展望〉というタイトルが、ゴシックで横書きされている。

〈風見鶏〉は、芝崎がスポンサーとなり、県政界をターゲットにして発刊する月刊雑誌で、編集責任者には大和日報のかつての編集局長を起用し準備を進めていた。

芝崎の狙いは、大和日報の紙面では取り扱えない県政界のゴシップ記事やアングラ情報などを掲載して、木村県政打倒へ側面攻撃を仕掛けることだった。

創刊号で真っ先に標的としたのが、十年連続して議長職にあり、木村の後ろ盾になっている大野だった。大野を何が何でも、県会議長の座から引きずり下ろすことだった。

中年の女性秘書を定時の午後五時で退社させ、静まり返った二十畳ほどの広さの社長室にいるのは芝崎一人だ。

部屋の中央に置かれた応接用のテーブルの傍で石油ストーブが焚かれ、北側に面したガラス窓から射し込む薄れ日が、苦汁に満ちた表情で沈思黙考している芝崎の横顔を照らしている。

《副社長は、俺のことをひどい男と思っているやろ。義理も人情もない鬼畜同然の人間と恨んでいるやろ。口では、分かりましたと素直に返事をしたが、はらわたが煮えくり返っていたに違いない》

芝崎は秘書が退社して間もなく、取締役としての二年の任期を終える副社長で論説主幹の石黒を部屋に招き入れ、今期限りでの退任を暗に求めたのである。

三月の株主総会の開催に先立って開催する

決算取締役会を明日開催するに先立って、社長としての自分自身の考えを石黒に伝え、事前に了解して欲しかったからだ。

任期切れを迎えるのは社長の芝崎を始めとする社内の取締役全員で、石黒以外は再任の予定だっただけに、任期満了に伴う石黒の退任は、事実上の〈解任〉だった。

大和日報の将来を見据えての経営上の判断とはいえ、道義に背く苦汁の決断でもあった。

何故なら、芝崎自らが口説いて石黒を代表取締役副社長として経営の中枢に参画させ、論説主幹として新聞編集の屋台骨を長年に渡って支えてもらってきたからだ。

大和日報の顔であり、一枚看板である石黒の解任が、社内外に大きな反響を呼ぶことは目に見えていた。

とりわけ、木村知事を頂点とした保守県政界は非を打ち鳴らし、芝崎への憎悪を募らせるに違いなかった。

事と次第によれば、大和日報の脆弱《ぜいじゃく》な経営を側面から援助して来た、手厚い県の広報予算の配分をばっさり削られる憂き目に遭うかもしれなかった。

しかし、四年後の次期知事選に大和日報の命運を掛けた社長の芝崎にとって、保守系知事として全国初の七選をひそかに窺う木村の有力なブレーンである石黒に、これ以上編集の実権を握らせてはおけなかった。

取締役としての任期切れを迎える三月の株主総会で、石黒を再任しない以外に道はなかった。

芝崎と石黒との間には、大和日報の経営ビジョンに関して年齢の差以上に大きな相違があり、これまでも様々な確執があった。

それは、実業家の芝崎と言論人の石黒がそれぞれたどって来た人生の相克《そうこく》でもあった。

実業家の芝崎は拡大発展志向で、阪奈和合併も大和日報の経営基盤の拡充といわば表裏一体の関係にあった。

発行エリアが奈良県内から大阪、和歌山両府県にまで広がれば、発行部数を飛躍的に伸ばすことが可能だし、いろんな事業も大規模に展開できることになる。

大阪や和歌山での拠点作り、高速輪転機の導入など巨額な資金が必要となるが、社運を掛けて挑む決意を固めていた。

大和日報の飛躍的な発展と木村県政打倒のために、自身の全財産を投げ打つ覚悟だった。

一方の石黒は、大和日報の窮状を打破する必要性は痛感しながらも、会社は身の丈に合わせて経営すべきというのが持論だった。

金融機関から多額の借り入れをしてまで、社業の拡大発展を図るべきではないという強固な考えだった。

無理をした結果、会社の経営が傾き、奈良における言論の灯を消すようなことがあってはならぬという、痛切な思いだった。

ましてや、芝崎の説く社業の将来的な発展のための阪奈和合併などは、新聞人としての良心にもとると唾棄《だき》していた。

《コンコン》

部屋をノックする音がした。

芝崎はぴくりと上体を椅子から起こし、無愛想に応えた。

「どうぞ」

扉を押し開き、顔を出したのは総務局長の山田だ。

痩身で、細面の山田も取締役の一人だが、取締役会のお膳立てをする総務局長として、芝崎と石黒の不仲を日ごろから気鬱に思っていた。

「副社長との打ち合わせは終わりましたか」

入り口の扉を締めた山田は、芝崎の机の方へ二、三歩歩み寄ると、まゆを寄せ尋ねた。

「うん」

芝崎は気のない返事をした。

「取締役会には、監査役さんも来てくれるんやな」

「はい。お二人とも確認を取っています」

山田が、背筋を伸ばして立ったまま律儀に応える。

《わしが、石黒君を今季限りで退任してもらうというたら、この山田をはじめとした取締役や監査役の二人もびっくりするやろな》

目の前の青白い山田の顔を見て、豪気な芝崎も気分が重かった。

「車を玄関の方へ回しておきます」

山田はそう言うと、芝崎の方に軽く頭を下げて社長室を出た。

芝崎は、吉野の自宅と奈良市の大和日報への行き帰りは、定時の路線バスを利用し、所用で帰社する時間が遅くなったり、夜の宴席があるときは、お抱えの運転手に専用の乗用車で自宅まで送ってもらっていた。

二月四日の午後二時、大和日報の決算取締役会が本社二階の会議室で始まった。

社旗を背にした奥正面のテーブルに、社長の芝崎と副社長の石黒の二人が座り、右手の二つの細長いテーブルに社内取締役である総務局長の山田、広告と販売を担当する野中、整理と印刷部門を担当する製作局長の谷川の三人が緊張した面持ちで居並んでいる。

左手のテーブルには、社外の年配の二人の監査役が地味な背広姿で居住まいを正している。

「定刻になりましたので、只今から決算取締役会を開催します。社長、議事進行のほどよろしくお願いします」

総務局長の山田がおもむろに立ち上がり、机に両手を突き、芝崎の顔色を窺いながら開会を告げると腰を下ろした。

芝崎は金縁の眼鏡の奥を光らせ、隣に座った石黒の方をちらっと横目で見た後、椅子から立ち上がった。

「本日の取締役会は、三月末の株主総会に提案する件に関して審議をお願いするものですが、社外の監査役さんにはお忙しい中、ご出席を賜わり有難うございます。では早速、議案の審議へ移りたいと存じますが、議事の進行は座らせてやらせて頂きます」

芝崎は下っ腹の辺りで組んでいた両手を説くと、ゆったりと腰を下ろした。

隣の石黒は両目を軽く閉じ、腕組みをして黙然と座っている。

「では、前期の営業報告書並びに決算報告について総務局長より説明させて頂きます」

芝崎の指示に従って、山田が机の上に配布していた営業報告書を読み上げ、貸借対照表の中身について説明した。

営業報告書では、広告収入は順調に増収が図られたものの、会社経営のもう一つの柱である新聞の販売収入は微増で、販売部数に伸び悩む大和日報の現状を述べていた。

数年来に及ぶ販売部数の伸び悩み傾向を脱却するために、紙面の充実と品質向上、強力な販売店政策の推進などについての一層の努力を促していた。

山田の報告と説明に対して異論は出ず、営業報告書や決算報告は原案通りに承認された。

残る議案は、芝崎を始め社内の全取締役が任期切れを迎えることに伴う、取締役の選任案件だけとなった。

「次に取締役の選任に関してであります。私をはじめ、ここにいる社内の取締役の皆が任期切れを迎えるのでございますが、如何致しましょう」

芝崎は腕組みし、右手に居並ぶ取締役の顔を見渡しながら、一語一語かみしめるように言った。何時にない低姿勢で、神妙な口ぶりだった
これまでの取締役会では、傍らの意見を聞く前に自分自身の考えなり、主張を述べた上で、強引に承認を取り付けるのが芝崎のやり方だった。

だが、そんな豪気な彼も、周囲への根回しもせずに、副社長の石黒の退任を口にするこ

とには、逡巡とためらいがあった。

いつもとは違った芝崎の態度に、取締役たちは当惑し緊張の色を隠せなかった。

額のはげ上がった野中をはじめ、三人とも固く身をすくめ、うつむき加減に黙している。

向かい合った監査役の二人も首をかしげ、視線を落としている。

「取締役の選任に関してご意見はありませんか」

芝崎の声が静まりかえった会議室に重々しく響く。

だが、声の調子とは裏腹に、芝崎の胸は焦燥感にかられ、苛立っていた。

「あの、社長さん」

左側のテーブルの上手に座っている監査役の田中が、芝崎に遠慮がちに声を掛けた。色白の田中は出席者の中では最年長で、印刷会社を経営している。

「何か」

芝崎は怪訝な顔をして尋ねた。

「監査役の私が言うのも変ですが、当事者の取締役の皆さんも言いづらいことでしょうし……どうです、ここは社長さんをはじめ、皆さん全員の再任でよろしいのでは」

田中は、向かい合って座っている取締役たちの顔をちらちら見ながら言った。

「気を遣って頂き有難うございます」

大柄な野中が身を縮め、田中へ向って軽く頭を下げた。

《この、お調子者が！》

芝崎は苦々しい表情で野中を一瞥した後、

じれったそうに言った。

「田中監査役からご意見がありましたが、取締役の方から意見はありませんか」

取締役の三人は黙って下うつむいていたが、野中がひょいと顔を上げた。

「我々、取締役よりも、まずは社長のお考えを聞かせてもらえませんか」

芝崎を見つめる野中の表情が硬い。

「僕の考えはあるのだが、そのようにした方が良いのかどうか、実のところ迷っているのです」

芝崎は腕組みしたままそう言うと、目を閉じて頭を垂れた。

予期せぬ芝崎の対応に、野中は返す言葉も無かった。

会議室は重苦しい静寂に覆われた。

「社長、よろしいか」

芝崎の耳元で落ち着き払った声がした。目を開けると、隣に座った石黒が顔を向けている。

芝崎はどきりとした。

「どうぞ」

芝崎はゆったりとした口調で応えた。

「では、私の考えを言わせて頂きます」

石黒は座ったまま、穏やかな表情で語り始める。

芝崎は顔を正面に向けたまま瞳を閉じた。

「芝崎社長が悩まれているのは、この大和日報が一層の飛躍を図るために大きな転換期を迎えていると判断し、社長としての決断を迫られているからだろうと推察します。微々たる存在であるかもしれないが、現状のままで地方紙として言論の灯を守って行くのか。それとも資本を増強して、社屋の改築、さらには高速輪転機の導入などを図る中で、紙面の刷新と増ページを断行し、発行部数の飛躍的増大へ挑戦するのか。社長は、この二つの道の選択に悩まれているものと思われます」

石黒は淡々と語る。

芝崎はもとより、他の取締役や監査役も目を閉じ、耳をそばだてて聞き入っている。

「私は昨日、次の株主総会の件で芝崎社長と二人だけで話し合いをし、社長が、社業の発展へ向けて並々ならぬ決意を持っておられることを知りました。輪転機をはじめとした設備の近代化、紙面の刷新のために、私財まで投げ出す覚悟をされておられるのです。社長が、会社の将来をそこまで思い詰めているのかと、正直なところ、私は驚かされました。家に帰ってからも、そのことが頭から離れませんでしたが、よくよく考えてみると、創業者の覚悟で大和日報の再建を双肩に荷われた芝崎社長と、ペン一つで世渡りし、大和日報にお世話になっている私とでは、会社に対する思い入れがまるで違うのは当たり前のことです。むしろ、私自身が存在することが、大和日報の発展を阻害するものだと気付いたのであります。つきましては、今期限りで大和日報を退社致したいと思いますので、芝崎社長並びに他の取締役の皆さんには、ご了承のほどよろしくお願い申し上げます」

石黒は語り終えると、静かに頭を下げた。そして、テーブルに置かれた湯呑み茶碗を手に取り、お茶を飲み干した。

固唾をのんで聴いていた、取締役や監査役たちにとっては、まさに青天の霹靂《へきれき》だった。目を白黒させながら石黒の顔を眺め、隣に座っている芝崎の顔色を窺がった。

芝崎は感慨無量だった。

彼自身の思いを石黒が代弁してくれたばかりか、自ら潔く退任を申し出たのだ。

淡々とした辞任の弁とは裏腹に、忸怩《じくじ》たる石黒の胸中を思いやると、芝崎は目頭が熱くなった。

「辞めるなんて仰らずに、我々取締役と一緒に、芝崎社長をこれからも支えてもらえませんやろか」

製作局長の谷川が、芝崎と石黒の顔を交互に見ながら穏やかに語り掛けた。温厚な谷川は社員の間でも慕われていた。

「そう言ってもらえるのは大変有り難いが、これからの大和日報の発展を考えると、芝崎社長の思いを取締役全員が十分に汲み取り、会社全体に反映していくことが大事なのです。私のように、多少なりとも考えの異なるものが取締役でいることは、百害あって一利なしです。正直言って、大和日報にまだまだ心残りはあります。後ろ髪を引かれるような思いですが、ここで身を引くことが、大和日報にとって、また私自身にとっても最善であると決意したのです。どうか、この場に居る取締役や監査役の皆さんが力を合わせ、芝崎社長を盛り立てて下さい。お願いします」

えらの張った石黒のほおに赤みが差している。

決然とした石黒の言葉に、谷川は二の句を

継げなかった。

　他の取締役や監査役も顔を伏せ、取締役会は再び重苦しい静寂に包まれる。

　しばしの沈黙の時を経て、芝崎は《頃合いよし》と、おもむろに腰を上げた。

　立ち上がった芝崎は、うつむき加減に両手を前で組むと、自分の隣に座っている石黒を見やりながら、低く重々しい声で言った。

「副社長、有難う」

　石黒は目を閉じたまま、小さくうなづいた。

「私は副社長の話を、身の引き締まる思いで聞かせて頂きました。取締役の皆さん、それに監査役さんも同じ気持ちではないかと思います。大和日報の論説主幹として、奈良の言論界に万丈の気を吐いてこられた副社長の退任は、私自身にとっても大変寂しい限りですが、副社長の意思を尊重し、その思いに応えるために、後に残された私どもは心を一つにして、会社の発展のために互いに力を尽くしましょう。本日の取締役会は、これを以って閉会致します」

　芝崎は表情を引き締め、自分自身に言い聞かすように一語一語をかみしめながら語り終え、決算取締役会の幕を下ろした。

　その日の夕刻、近くの料理旅館で退任する石黒の慰労会が、社長の芝崎と社内の取締役たちで催された。

　十畳ほどの和室の床の間を背にした芝崎と主賓の石黒の元に、総務局長の山田ら三人の取締役が入れ替わり立ち替わりやって来て盃を献じた。

斗酒猶辞せずの石黒は、思い出話に興じながら淡々とした表情で盃を重ねた。

宴は、物憂い雰囲気のなかで二時間近くに及んだ。

誰一人おだを上げることも、また酔態をさらすこともなかった。

宴の終わりを前にして挨拶に立った石黒は、郷土の新聞である大和日報で存分にペンを振るえたことに感謝した後、寂《さび》の利いた声で「芝崎社長を中心にして、取締役や社員の皆さんが力を合わせて、大和日報を奈良県の言論の府として立派に築き上げてほしい」と前途を激励して着座した。

酒焼けし、深いしわを刻んだ石黒の額には汗が滲み、厚ぼったいまぶたの奥の瞳が微かに潤んでいた。

いよいよ総務局長の結びの挨拶で、送別の宴もお開きだ。

担当の山田が心得たとばかりに腰を浮かし、取締役の誰もがほっとした気持ちでいた。

ところが、それまで石黒の隣にいて、座を外すことなく、女将や仲居の女中たちの酌で黙然として盃を傾けていた芝崎がゆっくりと立ち上がったのだ。

用を足しに厠《かわや》へ行くのかなと、取締役をはじめ座に侍る女将や仲居たちもそう思ったが、そうではなかった。

芝崎は正面をじっと見据えて一呼吸入れると、小声だが、きっぱりとした口調でこう言った。

「副社長の送別の宴を閉じるにあたって、最後に僕が歌を歌います。下手な歌ですが、最後まで聴いて下さい」

《えっ、社長が歌を？》

思いも寄らぬ芝崎の言葉に、誰もが目を丸くし、互いに顔を見交わした。

宴席を好んだ芝崎だが、お付きの芸者衆から座興で求められても、歌を歌ったことはなかった。

芝崎は生来の音痴だったし、無趣味で人前で披露できるような隠し芸は全く持ち合わせていなかった。

余暇の楽しみといえば園芸だった。

吉野の山野で生まれ育ったせいか、休日や早朝は自宅の庭で草花や庭木の手入れに汗を流していた。

後の話になるが、大和日報の創刊を記念して会社の裏庭に植樹されたナンキンハゼが、印刷工場の拡張で伐採されることになったが、芝崎は、大和日報の苦闘の歴史を共に生きてきた、ナンキンハゼへの断ち難い愛着から吉野の自宅に移植したほどだった。

豪気を装う外見とは裏腹に、細やかな愛情を周囲にいる人々や物言わぬ草木に対して抱いていた。

芝崎は畳の上に両足を少し開き、下腹の辺りで両手を組むと、黒ぶちの眼鏡の奥の瞳を閉じた。そして、うつむき加減の姿勢で静かに歌い始めた。

〽山には山の愁いあり
海には海の哀しみや

歯に衣《きぬ》を着せぬ、日ごろの豪放な弁舌とは対照的に、蚊の鳴くようなか細い声で、しかも、調子はずれのスローテンポで芝崎は切々と歌い始めた。

芝崎が歌う〈あざみの歌〉は、戦後間もないころにNHKのラジオののど自慢大会で盛んに歌われた流行歌だった。

彼は、妻の房江が台所仕事や風呂焚きをしながら小声で口ずさんでいるのを耳にし、その抒情溢れる歌詞とメロディーに心を揺さぶられ、いつの間にか覚えてしまった。

そして、庭いじりに汗を流した休日の夕べ、独り湯につかりながら我知らず口にするようになった。

目を閉じて、か細い声でとつとつと歌う芝崎のまぶたの裏に、湖底に沈んだふる里が、そして、青春時代に別れて以来、再び会うことも無い幼馴染みの千代の面影が浮かんでは消えた。

石黒の送別の宴の結びに際して、ほおを紅潮させ、〈あざみの歌〉を一番目の歌詞から二番へと歌い続ける芝崎の姿は、時として、人を人とも思わない言動を平然と弄する、日ごろの偽悪的な外面とはまるで違っていた。

繊細で、純朴な文学青年のような雰囲気を漂わせた芝崎の胸中には、石黒との別れに際して万感溢れるものがあった。

経営は芝崎、新聞は石黒と二人三脚で大和日報再建への茨の道を共に歩んできた歳月は、十年にも満たない短いものだったが、芝崎には二十年も、三十年も一緒に苦労してきたような気がした。

　生々流転の世の中で、いずれは石黒との別れの時は訪れるが、己の一念によって袂を分かつことに心がうずいた。

　芝崎の〈あざみの歌〉は、石黒への惜別の情であり、芝崎自身の鬱々とした慙愧《ざんき》の嘆きであった。

　そんな芝崎の心の内を知ってか知らずか、足下にあぐらをかいてでんと座った石黒も、また二人の両側に神妙に坐した取締役たちも、肩を落とし、目を閉じてじっと聴き入っていた。

　《生まれ育った郷土と共にある大和日報と、運命を共にするのが僕自身の生きがい》と常々語っていた石黒は、三月末の株主総会を待たずに退社した。

　石黒の後を追うようにして、彼に引き立てられて長い間、編集局長として実務を任されていた春木のほか、常日ごろ石黒を尊敬し、慕っていた県政担当の高橋や司法担当のベテラン、中堅記者の三人が三月末に大和日報を去った。

　年配の春木は、石黒の口添えで県の広報課の嘱託として、高橋は夫婦二人して四国のふる里へ引き揚げた。他の二人の記者は通信社や業界紙で再びペンを執った。

非礼千万

奈良公園の桜が見ごろを迎えた四月の初旬、県庁舎と隣り合った県議会棟に、新調したばかりの紺の背広に身を包んだ大和日報の岬の姿があった。

岬は四月一日付の人事異動で、奈良市政担当から県政担当へ異動になり、県会議長の大野に挨拶に赴くところだった。

大和日報の記者にとって、県政担当と古文化財の発掘などを取材する文化担当は花形のポストだった。

このうち、県政担当はベテラン記者がキャップとなり、サブに中堅の記者が配置されていた。

石黒の解任に抗議して主要なベテラン、中堅記者が退社し手薄な陣容になったとはいえ、入社五年目で二十七歳の岬が、県政担当のキャップに起用されたのは大抜擢だった。

県議会棟は、鉄筋コンクリート造りの二階建の建物で、南側の大通りに面した玄関を入ると左手に受付があり、すぐ目の前に二階の議長室へ通じる階段があった。

議長室の入り口に秘書課があり、議長への面会や隣り合った副議長室への来訪者をチェックしていた。議場への出入口がすぐそばにあり、東側の六階建ての県庁舎とは渡り廊下で結ばれていた。

県会議員の定数は四十人で、四年に一度の選挙で郡市別に選ばれていた。

労働団体などを支持基盤とした革新系の議員は一握りほどの数で、大半が民自党に所属する保守系議員だった。

還暦を前にした議長の大野は、県都の奈良市で市議を二期務めた後、県議へ転身し現在四期目だ。

議長、副議長は一年交代という議会内の紳士協定があるにもかかわらず、大野は二期目の半ばから九年連続して県会議長の座に居座り続けている。

また、民自党県連会長のポストも八年に及び、木村県政を背後からがっちりと支える県政界の実力者だ。

岬は、県政担当として県庁五階の記者クラブに詰めることになった四月一日、同じ階にある知事室へ真っ先に足を運び、知事の木村への挨拶は済ませていたが、議長室を訪れるのは大野の都合で延び延びになっていた。

「お待たせしました。どうぞ」

議長室から出てきた灰色の地味な背広姿の男性が、秘書室に設けた来客用のソファに座っている岬に声を掛けた。

色白で、細面の中年の男性は秘書課長で、部屋には他に若い男性と女性、それに眼鏡を掛けた年輩の女性が職員として働いていた。

隣り合った副議長室は森閑としていた。副議長の鬼貫《おにつら》と岬は浅からぬ因縁があり、お互い虫も好かぬ仲だった。

「失礼します」

岬は開け放たれた議長室の扉を軽くノックをし、ひと声かけておもむろに中へ入った。

小豆色の絨毯《じゅうたん》が敷かれた、二十畳ほどの四

角い部屋の中央に縦長の応接セットが置かれ、薄茶の背広を着込んだ議長の大野が、岬を正面から迎える格好で、肘かけの付いた一人掛けのソファに深々と腰を沈めていた。

岬は、大野の顔を見据えながらゆっくりと応接のソファへ向う。

大野の浅黒い顔は冷たく無表情だ。

背後の、クリーム色の壁に「一隅を照らす」と墨書した扁額が掛けられ、その下に木製の大きな執務机がでんと据えられている。机の上に黒い電話と、端っこに赤茶けた手文庫が置かれている。

「どうぞ」

大野は、応接のソファの傍らに立っている岬を上目遣いに見ながら、座ったまま低い声で無愛想に声を掛けてきた。

《出向いてきたのだから、挨拶だけは受けてやる》

尊大に構えた大野の態度に、岬に対する嫌悪感が透けて見える。

岬はむっとした顔で、大野の左手前のソファに腰を下ろした。

「このたび、県政を担当することになりました大和日報の岬です」

岬は紋切り型の挨拶をしながら、上着のポケットから黒い革の名刺入れを取り出した。そして、中に納めた名刺の一枚を手にすると、身を乗り出して大野の前のテーブルの上に置いた。

大野はがっしりとした上体をソファからやんわりと起こし、テーブルの名刺を右手の親指と人差し指で摘まむ。

七三に分けた頭髪や太い逆さまゆに白いものが混じっている。

「岬です。どうか、よろしくお願いします」

岬が座ったまま軽く頭を下げる。

「あんたか、芝崎社長の回し者というのは」

大野が目を細め、名刺をじっと見ながら、出し抜けにしゃがれ声で言い放った。

「回し者?」

岬はぎょっとして小声で叫んだ。

大野はソファの背もたれに上体を預け、何食わぬ表情で岬の顔を見る。

「わしが言うとるんやないで。あんたのことを、そう言うとる者がおるんや。悪う思わんといてや」

大野は平然と嘯《うそぶ》く。

「誰ですか! そんな、失礼千万なことを言っているのは。副議長ですか!」

岬は背筋をぴんと立て、憤然として声を荒げた。

「副議長なあ。そう言えば、鬼貫副議長もそう言うとったかな……。誰か忘れたわ。まあ、どうでもええやないか」

大野は口元を歪め、そっぽを向いて応える。

「よくはないですよ! 人を侮辱するにも程があります」

岬の両目はつり上がり、ほおが紅潮している。

「分かった、分かった。あんたのことを、芝崎社長の回し者やと言う者がおったら、わしから注意しとくよって、あんたも、県庁や議会を変に引っかき回さんといてや」

若い時分から鉄火場に出入りし、博徒の一門でも顔役だったという大野も、岬の見幕に少しは気押されたのか、語調を和らげる。

《県会議長なので、敬意を表して挨拶に出向いてきたのに、なんたる無礼な言いざまか！》

岬は返事もせず、ぶすっとした顔で席を立った。

「議長はおるか」

部屋の入り口で太い胴間声が響き、太鼓腹を抱えた大柄な男が、ノックもせずに議長室に入って来た。

艶のある、ぼってりとした両のほおが垂れ、白目をむいた目尻は下がっている。

白髪交じりのごつごつした頭は短く刈り上げ、ブルドックみたいな顔をしている。

藤色の背広に、幅広の派手なピンクのネクタイを締めた男は、議長の大野以下、総勢三十二人に上る民自党県議団の会長をしている虎島だった。

県議会を牛耳る民自党県議団の代表という看板を背に、県議会はもとより県庁舎内を大手を振ってのし歩いているが、彼も大野と同じ博徒の仲間で、三十過ぎて土建業を始めるまでは、博打《ばくち》や喧嘩に明け暮れしながら世間の裏街道を渡り歩いていた。

虎島は生まれ故郷の小さな町で顔役として羽振りを利かせ、土建業を看板に町議から県議へとのし上がってきた。

県会へ出てからは、自分より年下ながらも、県議では一期先輩であり、博徒仲間の兄貴分でもあった大野に忠誠を誓い、大野を議長の座から引きずり降ろそうとする反議長派の動きを、力ずくで抑え込んだ。

そんな虎島を、大野に従う仲間内の議員らは《大野一家の大政》と持ち上げた。

一方、反議長派のメンバーは《大野の番犬》と、陰で舌打ちしながら揶揄《やゆ》した。

議長室に姿をみせた虎島は足を止め、自分と入れ違いに、入り口の扉へ向う岬をうさんくさげに眺めていたが、岬は素知らぬ顔をしてその脇を通り抜け議長室を出た。

寝業師《ねわざし》

それから数日を経た宵のことだった。

猿沢池に程近い色街の料亭で、大和日報の芝崎は県会副議長の鬼貫と盃を傾けていた。

料亭の玄関の軒先に吊るした行燈に明かりが灯り、色街の細い通りは、夕暮れを迎えて賑わいを見せ始めていた。

人目を避けて酒を酌み交わす、地方新聞の社長と博徒上がりの県会議員——。

外聞をはばかるような両者のうさんくさい関係は、県会議長の座に居座り続ける大野を引きずり下ろすという、表面上はその一点で結ばれたもので、思惑はそれぞれ別のところにあった。

芝崎は、木村県政の強力な後ろ盾になっているのを県会議長の座から下ろすことで、来春の知事選で奈良市長の中沢を知事に押し上げ、大阪との合併に道筋をつけたいと思っていた。

片《かた》や野心家で腹黒い鬼貫は、議長のいすに座るために大野を蹴落としたい一心だった。

知事選はどうでもよかったし、ましてや、大阪との合併など考えの及ぶところではなかった。

二人がいる部屋は十畳ほどの広さで、床の間を背にして芝崎が端然とあぐらをかいている。

銀鼠の背広に、淡いピンクのネクタイを締めた芝崎は若やいだ身なりをしていた。

しかも、巨漢の鬼貫を前にして堂々たる貫録で、精気に満ちあふれていた。

《蛇《じゃ》は寸にして人を呑む》

小柄な芝崎が好んで口にする言葉だが、胸にたぎる木村県政打倒への闘志と気魄を、そのまま映し出しているかのようであった。

それというのも、木村の強力なブレーンで、芝崎にとっては目の上のたんこぶだった石黒が退社し、大和日報の報道と紙面戦略に関して、思う存分に采配を振るえるようになったからだ。

だが、知らぬが仏である。

有ろう事か、失意のうちに大和日報を去った石黒にひそかに手を差し伸べていたのが、親しく酒席を共にしている鬼貫だったのだ。

鬼貫は自分の息のかかった大和新聞に、石

黒を客員論説委員として迎えることで知事の木村に取り入り、議長のいすを狙う己自身の後押しをしてもらおうという魂胆だった。

そればかりか、県下にその名を知られた石黒の論説で、内容が乏しくて、ぺら一枚の新聞の一面に彩りを添えることが出来るとあって、石黒の招聘《しょうへい》に躍起になっていた。

大和新聞は奈良の市街地の西の外れに本社と印刷工場があり、新聞発行の傍ら不動産業を営んでいた。

記者は県庁、県警本部、奈良市役所にそれぞれ一人詰めている以外に、中和地域に支局員が一人配置されているだけであった。発行部数は数千部で、ともに奈良県の地方紙とはいえ大和日報には遠く及ばなかった。

大和日報の論説主幹として、長年にわたって奈良県の言論界の頂点に君臨してきた石黒が、新聞協会にも加盟していない、県や奈良市の広報紙の如き〈御用新聞〉でペンを執るなど、芝崎には全く考えられぬことだった。

耳にしていたら、新聞人としての石黒の名声に自ら泥を塗るものとして、この上も無く残念至極に思っただろう。

それを画策した寝業師の鬼貫との酒など不愉快千万で、乞われても断っていたに相違なかった。

その鬼貫は、芝崎の右手前に控えて、何食わぬ顔で膳を囲んでいる。小豆色のダブルの背広に、牡丹をあしらった花柄の幅広のネクタイ姿だ。

二人の傍らには、着物姿で頭に髷を結った若い芸者がそれぞれ品よく侍り、酌に努めている。

「それにしても、社長はんとこの岬という記者は、若造のくせに生意気な奴でんなあ」

鬼貫が天狗のような赤ら顔をしかめ、さも憎々しげに言う。

建設業を営む鬼貫には、県会議員の地位を悪用し、利権を漁《あさ》っているという風聞が絶えなかった。

「何や君、あの時のことを、まだ根に持っとんのか」

芝崎が茶化し半分に応える。

あの時のことというのは、岬が新米の駆け出し記者として県警記者クラブ詰めていたころ話だった。

ゴミ焼却場の建設を巡って鬼貫が談合の口利きをし、業者から賄賂《わいろ》を受け取ったという黒いうわさを耳にした岬が、取材で鬼貫を追い駆け回し、彼の身辺をあれこれと探ったことだった。

「そりゃあ、忘れるもんやおまへん。でもな、社長はん、岬とかいう記者を、よう思うとらんもんは、わしだけではおまへんで。ほんまでっせ」

鬼貫が忌々しげな表情で、だみ声を少し荒げ、芝崎に向かってあごをしゃくりあげる。

「他に誰が、うちの岬の悪口を？」

芝崎が手にした盃を口元にあて、上目遣いに鬼貫を見る。

「大野の親分でっさ」

「なにっ、議長が？　……何でまた」

盃を膳の上に置いた芝崎は、目を皿のようにして鬼貫の顔をまじまじと見た。

置屋から派遣された二人の色白の若い芸者が、三日月眉を寄せ何だか心配そうに話を聞いている。

というのも、彼女たちには、贔屓《ひいき》にしてもらっている鬼貫には言えない、岬への恩義があったからだ。

「先日、お宅の岬がでんな、県政記者になったんで大野議長の所へ挨拶に行ったんやが、議長から《芝崎社長の回し者》と言われたのに腹を立て、怒って議長室から出て行ってしもうたそうですわ。そいで、議長は《あの若造はなんちゅう奴や！》とかんかんになっていたそうですわ。また、入れ違いに議長室にやって来た、番犬の虎島も《くそ生意気な奴じゃ》と、えろう吠えてたそうでっせ」

鬼貫の声は冷たく、ねちねちしていた。

「そりゃあ君、岬君が怒るのは当たり前やないか。議長から面と向かって、わしの回し者と言われりゃあ、それが冗談半分に言うたとしても、それを冗談として聞き流すことが出来へんのが、あの君《くん》の性分なんや。誰に対しても真っ正直で、何事にも真正面から取り組む一本気な九州男児やからな。まあ、血の気の多い、若い岬君としたら、相手が年寄りの県会議長ということもあって、むしろ、よく辛抱したんやないか。君らも、そう思うやろ」

芝崎はぞんざいな口調で言ってのけると、傍らで不安げな表情を浮かべている芸者たちの顔を見た。

「……」

二人の芸者は、目顔でそっとうなづいた。

あれは、四年前の花見の夜の出来事だった。

芸者たちは、鬼貫の取り巻きの三人のチンピラを小料理屋で接待した後、置屋へ引き揚げようとしたが、奈良公園の夜桜見物に強引に付き合わされた。

提灯の明かりの灯った興福寺境内の芝生で、車座になって酒宴に及んだが、夜が更けて花見客が腰を上げ始めても、男たちは彼女たちを解放してくれなかった。

そこへ、偶然というより、運悪く通り合わせて仲間入りしたのが岬だった。

芸者からこっそり窮状を打ち明けられ、救いを求められた彼は、花見の宴を終えても三人の芸者に付きまとう男たちの気を引くために一計を案じて、芸者をチンピラたちの手から解放したのだ。

岬が思案の末に思い付いた窮余の策は、子供だましのような実に単純なものだった。

五十二段の石段を下り、一行が猿沢池のほとりに差し掛かったところで、岬は道端の暗がりに、ふところの自分の財布をわざと落とした。

そして、素知らぬ顔で拾い上げると、中身はわずか千円札一枚なのに《これは、すごい大金だ！》と、驚きの声を上げた。

女に強いが、金には弱いチンピラたちは、岬の元にわっと駆け寄り、我先にと財布の中身を改めようとするが、岬は財布を後ろ手に隠して拒否する。

岬がチンピラたちと押し問答をしているすきに、三人の芸者は猿沢池から程近い置屋へまんまと逃げ帰ったのだ。

その代わりに、岬は袋叩きに遭い、池のほとりでうずくまっていたところを、置屋の男衆によって助けられ、置屋で一晩手当てを受けるなど世話になったのだった。

入社間もない岬は、奈良公園で夕刻から催された会社の新入社員歓迎の花見がお開きとなった後、宵闇に暮れる園内をほろ酔い気分で一人散策していた折り、オダを上げているチンピラたちを、会社の先輩が二次会に及んでいると勘違いして、悪夢のような花見の宴に付き合わされる羽目になったのだ。

「なんや桃代、社長はんの言葉にうなづきおって。お前、岬という若造を知っとんのか」

鬼貫が咎めるような目付きで、芝崎の酌をする芸者を見る。

「先生たら、何をまた冗談を。うちが、そんな人を知りはるわけがおまへんやろ。おほほほ…。だって、真面目に挨拶に伺うて、そんなこと言われはったら、誰だって怒りはるんと違いますか」

桃代と呼ばれた芸者は白いほっぺをちょっぴり膨らませ、鬼貫へ言い返す。

白地の藍の小紋に無地の細帯を締め、小ぶりな髷にべっ甲のかんざしを差している。

「この子の言う通りや。うちの岬君が生意気やと怒るよりも、大野議長の方こそ大人げないやないか。副議長、そう思わんか」

芝崎がにやにやしながら言う。

「先生、そんなことより、今宵はたんとお飲みになっておくれやす」

桃代が銚子を手に鬼貫へいざり寄る。途端に鬼貫の大きな口元が緩む。

「ところで副議長、議会の役員改選がそろそろ近付いて来たんやが、議長の交代の方は、うまくいくんやろうな。来年の春は知事選挙やし、今年は、何としても大野を引きずり下ろしてもらわんとな」

芝崎の表情が改まり、言葉付きも真剣そのものだ。

今宵の本題は県会の議長選挙で、そのことを相談するために、鬼貫に宴席を設けるように強引に持ち掛けたのだ。

「その段取りでやっとりますんで、任しといておくんなはれ」

鬼貫が自信たっぷりに応える。

「去年の今頃も、君がそう言うとったんで、わしも安心しとったんやが、見事に期待外れやったしな。今年は本当に大丈夫なんか、えぇっ副議長？」

芝崎が眼鏡越しに鬼貫の顔をまじまじと見据え、嫌みたっぷりに言う。

「社長はんも厳しいなあ」

猪首をすくめ、鬼貫は苦笑いする。

「だってそうやないか！　詳しい話は、君から聞かせてはもらえんかったが、側聞するところ、議長選挙を話し合う民自党県議団の会議で、君が大野の勇退を求めたのは良かったが、番犬の虎島に吠えられて、尻尾を巻いて引き下がったらしいやないか」

芝崎は顔をしかめ、口を尖らせまくし立てる。

「今年は、そんな無様なことじゃ困るんや。

何が何でも大野を議長の座から引きずり下ろしてもらわんといかんのや。副議長！　後がないんや」

芝崎は語気鋭く迫る。

「そのことは重々分かっとります。わしのメンツにかけて、今年は虎島にがたがた言わせません。まあ、見てておくんなはれ」

鬼貫は目ん玉をひんむき、胸を張った。

「さすが売り出し中の副議長はんや。よう言うてくれた。わしも、今夜は心ゆくまでうまい酒が飲めるわ。わっはっはは……」

芝崎は顔をしわくちゃだらけにして笑うと、手にした盃をぐいっと煽った。

五月になれば、県会議長選を展望して特集した〈月刊・風見鶏〉の創刊号がいよいよ発刊され、大野の足下に揺さぶりを掛けるなど、芝崎自身も着々と手を打っていた。

ゴールデンウイークを間近に控えた四月下旬の夕刻、芝崎は、二年余り前に大和日報を退社した小田と社長室で会っていた。

小田は敏腕の警察記者として鳴らし、県警本部の記者クラブでは一目も二目も置かれる存在だった。

また、真摯な人柄と持ち前の行動力が社員の人望を集めて労働組合の委員長にも担ぎ出された。

賃上げを要求しての会社側との団体交渉では、海千山千の芝崎を向こうに回して一歩も引かず、ペン同様に鋭い舌鋒で渡り合った。

司法担当の記者として三年ほど働いた後、内勤の整理記者に配置換えになり、原稿の見出しを付けたり、紙面の割り付けを行ったりしていたが、それから二年も経たぬうちに大和日報を去った。

《新聞から足を洗いたい》という、ただそれだけの理由だった。新たな転身の道が約束されてのことではなかった。

妻と幼子を抱えた小田の突然の心変わりを、同僚の記者たちはもとより論説主幹の石黒も部屋に呼んで諫めたが、彼の翻意を促すことはできなかった。

「どうや小田君、月刊の雑誌やが、新聞と違って思う存分にペンが振るえるぞ」

執務机に座った芝崎が、傍らの応接のソファに向かい合うように腰掛けた小田にねっちりと言う。

芝崎は、大和日報を退社した小田が大阪で夕刊紙の記者になったが長続きせず、ぶらぶらしているとの消息を耳にし、彼を月刊〈風見鶏〉の記者として雇うことにしたのだ。

「面目ない次第ですが、一から出直す覚悟で働かせてもらいます」

薄茶のブレザーに白のワイシャツ姿の小田が、青白い額をテーブルにこすり付ける。

彫りの深い青白い顔はほおがこけ、伸びた髪をオールバックにした風体には、大和日報にいた当時の颯爽とした面影はなく、どことなく荒んでいた。

《コンコン》

社長室のドアがノックされた。

「岬君か！　入って来いや」

芝崎の声に促されて、部屋に入って来たのは県政担当の岬だ。

「小田さんじゃないですか」

　草色のコール天の上着にノーネクタイの岬が、小田と向かい合わせに応接のソファに腰を下ろす。

「久しぶりやなあ」

　小田の目元に笑みがこぼれる。

「先輩も、お元気そうで」

　岬が声を弾ませる。

「まあな。橋やんも元気かいな」

「高橋さんですか。高橋さんは退社されました」

　岬は言いにくそうに小声で応えた。橋やんとは、岬と入れ替わりに県政担当を外れた高橋のことだった、
　高橋は奈良市政担当に配置替えになった後、芝崎によって退任に追い込まれた石黒に同情し、彼の後を追って大和日報を去った。

　小田と高橋は、年齢も入社の時期もあまり変わらないことから大変仲が良く、駆け出しの岬はこの二人の先輩に可愛がられ、屋台の酒によく誘ってもらった。

「そうか、橋やんは辞めたか…」

　小田は独り言のようにつぶやいた。

「小田先輩の方は、今はどうされているんですか」

　岬が遠慮がちに尋ねる。

「大阪でぶらぶらしとるが、近いうちにまた奈良へ戻って来るんで、よろしく頼むわ」

　小田がにやりと笑う。

「それじゃあ、また日報に?」

　岬が身を乗り出す。

「それはないわ」

小田は苦笑する。

芝崎はまぶたを閉じ、黙然として二人の会話に耳を傾けている。

「じゃあ、他に仕事でも」

岬がしつこく聞く。

「まあな。社長に頼んで急に呼び出して悪かったけど、今日のところは、この辺にしといてや。落ち着いたら、また連絡するわ」

小田は困ったような顔をして小声で言った。

「分かりました。それでは、これで」

岬は芝崎に向かって軽く会釈し、席を立った。

「忙しいところを、急に呼び立ててすまなかった。県会の方の取材をしっかり頼むぞ」

部屋を出て行く岬に芝崎が愛想よく声を掛ける。

岬は振り向き、目顔でうなずいた。

《奈良へ舞い戻って、一体何をするんだろう？　芝崎社長は、なぜ小田さんを呼んだのだろうか》

社長室を後にした岬の脳裏に漠とした不安がよぎった。

爆弾質問

五月の下旬になると、県会では常任委員会の審議がぽつぽつと始まった。

議長をはじめとした役員ポストの改選が行われる、六月の定例県会を前にしての恒例の委員会だが、表舞台の審議よりも、役員改選へ向けての会派や議員間の駆け引きなど、舞台裏の動きが県民の関心を呼んでいた。

県政記者クラブに詰めた記者たちは、委員会審議の取材の合間を縫って与野党の部屋を精力的に回り、役員改選を巡る水面下の動きを追った。

新参者の岬は張り切っていた。

県政記者としての初仕事であり、地元紙としてのメンツもあったが、彼の胸中にどす黒く渦巻いていたのは、議長の大野に対する怨念だった。

県政記者として赴任し、挨拶に出向いた岬に向かって《芝崎社長の回し者》と、暴言を吐いて侮辱した大野を決して許してはおけなかった。

《人を若造と見くびりやがって……きっと、ひと泡吹かせてやる！》

岬は闘志をたぎらせていたが、そんな岬や他の県政記者たちの間に、近く開かれる建設委員会で、県の公共工事の入札に関して爆弾質問が行われるという怪情報が流れた。

建設委員会には、大野の番犬である虎島を筆頭に土木・建設業関係の古参議員が委員として名を連ねているほか、一匹狼の鈴木もメンバーに加わっていた。

委員会室は県議会棟の二階の大部屋で、議長室とは背中合わせになっていた。

委員長席の後ろに議長室へ通じる小さな扉があり、審議が紛糾した場合、議長が委員長や委員を部屋へ呼んで協議するのに、何かと都合が良かった。

注目の建設委員会の日がやって来た。

午前九時過ぎ、いつも通りに県庁五階の記者クラブに姿を見せた岬は、全国紙に一通り目を通した後、本社のデスクへ電話を入れた。

《もし、もし》

無愛想な声の主は筆頭デスクの熊沢だ。

「岬です。お早うございます」

《おう岬君か、お早うさん。どうや、今日の予定は》

熊沢の返事は、判で押したように決まりきっている。

「午後から建設委員会がありますので、取材して出稿します」

《分かった。一面の頭を空けて待っとるから、どーんと頼むぜ》

大和日報のフロントページの一面は、創刊以来、地元の行政ネタしか掲載しないため、トップ記事は、おのずと県政に関するものが多かった。

見方を変えれば、トップ記事を書くことが、県政記者に課せられた使命でもあった。

定刻の午後一時過ぎに建設委員会が始まっ

た。

薄い抹茶色のダブルの背広を着て委員長席に座っているのは、大野議長の側近の一人の桜田だ。

まだ五十そこそこだが、頭はすっかりはげ上がり、丸い赤ら顔に金縁の眼鏡を掛けている。

大柄な体つきに似合わず、甘ったるい声の持ち主で、大野のご機嫌取りが上手という同僚県議の評判から、県政担当の記者仲間が付けたあだ名が〈茶坊主〉だ。

桜田の両側に並べられた細長いテーブルに、八人の委員が分かれて席に着いている。

部屋の入り口に近い、廊下側のテーブルの一番上席には、オールバックの髪に紺のダブルを着込んだ鈴木が悠然と座っている。

鈴木の背後に記者席が設けられ、県政記者クラブに詰めた新聞、放送、通信社の記者たちが鉛筆を握り、原稿用紙や取材ノートをテーブルの上に広げ、真剣な表情で見守っている。

記者席と向かい合った窓側のテーブルでは、藤色の背広に幅広のピンクのネクタイを締めた虎島が、鈴木と対峙するように上座でふんぞり返っている。

委員の席から少し間を隔てた下手が理事者側の席で、副知事、土木部長を筆頭に所管の課長たちが緊張した面持ちでテーブルに居並んでいる。

知事の木村は県会の本会議に出席するだけで、委員会には出席しないことが慣例になっていた。

委員会は冒頭、四月一日付の人事異動に伴う新任の課長の紹介や新年度の事業概要が土木部長から報告された後、質疑に入った。

「委員長！」

真っ先に手を挙げたのは鈴木の下手に座っているグレーの背広姿の堀本だ。

年は五十半ば。細身の長身で、浅黒い角張った顔の真ん中に、鼻筋の高い鉤鼻《かぎばな》が突き出ている。

数少ない野党議員の中で、ただ一人建設委員会のメンバーに名前を連ねた堀本は県会きっての論客だった。本会議場で知事の木村を時として舌鋒鋭くやり込めた。

また、議長の大野と同期で親しい間柄とあって、民自党の議員からも一目置かれていた。

「堀本委員！」

桜田の甲高い声が響く。

堀本が悠然といすから立ち上がる。

《さては、早々に爆弾発言か！》

記者席に緊張が走る。

岬は息を詰め、やや前かがみになった堀本の背中を見つめる。

鉛筆を握る右手の指先に自然と力がいる。

堀本がおもむろに口を開く。

「大和は国のまほろばと、古の昔から日本の人々が愛してやまなかったのが、我が奈良県であります。ところが、昨今は、日本民族の歴史ある奈良の地が、住宅地として大小の民間業者の手で虫食い状態に開発されている状況であります。業者は県当局や市町村の許可を得て宅地開発を行っているのだろうが、中には、事前の手続きもせずに無許可でやっているケースもかなりあるように聞いている。事実とすれば、憂慮すべき問題だが、県として、その辺のことはきっちり監視し、業者に指導しているのか伺いたい」

　堀本は時折、下手の理事者側の席を見ながら質した。

　論客と言われるだけあって、よく通る、張りのある声で、筋道の通った質問だったが、中身は極々当たり前のことだった。

　岬は拍子抜けした。

「委員長！」

　土木部長が挙手をする。

「土木部長！」

　桜田に指名され、地味な背広姿の土木部長が立ち上がる。背が低く、太っているせいか、丸眼鏡を掛けた顔が小さく見える。

「お尋ねの趣旨は、県下で盛んに行われている宅地開発の中に、無許可による、違法な開発がかなりあるのではないかということですが、私どもが承知している限りにおいては、法律に違反するようなものはないと思っています。違法なものは見逃しませんし、開発が行われる過程で、法律や許可した条件にそぐわない点があれば、厳しく善処していますし、市町村に対しても、そのように指導を行っているところであります」

　土木部長は、席に座っている堀本の方を見ながら無難に答弁を終えると着席した。

「委員長！」

　堀本が発言を求め、再び立ち上がった。

《今度こそ爆弾発言か？》

岬は、堀本の背中をぎゅっと見据える。

「ただ今の土木部長の答弁を良しとして、私の質問は終えますが、要は、開発しても構わない地域と開発してはならない地域を、しっかりと区分することが大事なのであります。そうした、土地の利用区分がきちんとしとれば、歴史的景観を損なうような乱開発は防げると思うので、県当局には、その辺のところを考えて頂くように要望致しておきます」

私見を披露して堀本は着席した。

新聞のネタになるような内容はなく、爆弾発言を期待して建設委員会の取材に押し掛けた、岬をはじめとした記者たちは肩すかしを食った格好だった。

「他にどなたか」

桜田が左右に居並ぶ委員を見渡す。

「理事者側への、質問や意見はございませんか」

桜田が早口で念を押す。

爆弾発言の噂を耳にしているのか、桜田は、平穏無事に一刻でも早く委員会の幕引きをしたい様子だった。

委員席は黙然として声がない。

「他に質問もないようですので、本日の委員会はこれにて…」

桜田の喜々とした閉会宣言で、委員会の幕が下ろされようとした瞬間だった。

「委員長！」

野太いしゃがれ声が、委員会室にずしりと響いた。

挙手をしたのは、桜田の右手に座っている一匹狼の鈴木だ。

「なっ、何か?」

桜田がびっくりした顔で鈴木を見る。

「いやあ、土木部に一つ、尋ねておかなあならんことを急に思い出したんですわ」

鈴木が、惚けたような口調でしゃべりながら、記者席に背を向けてのっそりと立ち上がる。

「委員長、よろしいか」

桜田へ向って野放図に声を掛ける。

「どうぞ、どうぞ」

桜田の顔は、言葉とは裏腹にこわばっている。

岬は鉛筆を握り締め、眼前にある鈴木の後ろ頭を漫然と見つめている。

オールバックのごわごわした髪は、ポマードがこってりと塗られ、てかてかしていた。

「私が尋ねたいのは県の土木工事に関してだが、まずは昨年度の工事の請負契約の中身を教えてほしい」

鈴木は土木部長に向かってさらりと言った。

県の土木工事に関してという鈴木の言葉に、岬はどきっとした。

《爆弾質問か!》

記者席に緊張が走り、岬をはじめ記者たちの熱い視線が一斉に鈴木の背中に注ぐ。

「全体の件数と契約金額でしょうか」

土木部長が立ち上がり、訝しげな表情で応える。

「全体ではなくて、個々の請負契約です」

「詳細については、手元に資料がございませんので―」

「調べれば、すぐに分かるのでは」

　鈴木が畳み掛ける。

「なにぶんにも件数が多いことですので…すぐにと言われましても」

　土木部長が困惑した表情で、委員長の桜田の方を見る。

「資料の提出は、今すぐには出来ないようですが、鈴木委員には、県の請負契約にご不審な点があるとでも言われるのでしょうか」

　桜田がやんわりと助け船を出す。

「その通りです」

　鈴木は、どすの利いた声でズバッと言い放った。

「それはまた、如何なることでしょうか」

　桜田がまゆをひそめ、恐る恐る尋ねる。

「県の資料を見ないと、確かなことは言えないが、うわさによると、暴力団と関わりがあり、スコップ一丁も持ってない土建業者が県の指名業者になり、談合を仲介して落札業者から口銭をもらったり、請け負った工事は、他の業者にそっくり丸投げして利ざやを稼いでいるという、実にけしからん話である。しかも、その指名業者というのが、県会議員の息が掛かった業者と言われているから、なおさら始末が悪いんだ。委員長！　あなた自身も、うわさを耳にしているのではないのですか」

　鈴木はごつごつした右手の人差指で、委員長の桜田を指差しながらうそぶいた。

　記者席にどよめきの声が上がった。

　爆弾質問がついに飛び出したのだ！

　岬は反射的に、鈴木の真向かいに座ってい

る虎島を見た。

鈴木が名指しこそしなかったが、うわさの張本人は虎島に違いないととっさに思ったのだ。

県政記者の先輩である高橋と酒を呑んだ折りに、県の公共工事に虎島や副議長の鬼貫が、暴力団を手先に使ってひそかに介入しているという、黒いうわさを聞かされていたからだ。

虎島が白目を剥き、ブルドックのような顔を真っ赤にして鈴木を睨みつけている。

そんな虎島を、委員長席の桜田が伏し目がちにちらちら眺め、心配そうに様子を窺っている。

鈴木はさらに声高に言い募る。

「暴力追放が、国民的運動として叫ばれている昨今のご時世のなかで、我々の県議会でも、先ごろ、暴力追放の決議を満場一致でしたところじゃないですか。もしも、うわさが事実ならば、県議会に寄せる県民の信頼を著しく損なうことになります。だから私は、県議会の名誉にかけて、県当局へ資料の提出を求めているのであります」

鈴木は断固とした口調で語り終えると、悠然と腰を下ろした。そして、腕組みし虚空に瞳を凝らした。

鈴木の真向かいの席で、険しい目付きで自分を見据えている虎島のことなど、まるで眼中にないといった様子だった。

委員長の桜田は言葉もなく、目を白黒させながら土木部長の顔を見つめている。

しかし、土木部長は後難を恐れてか、迂闊《うかつ》

に答弁をできないようだ。

席に座ったまま、棒を飲み込んだように口をつぐんでいる。

虎島の凄まじい形相を目の当たりにした桜田は、議事を進めることに躊躇《ちゅうちょ》した。

テーブルを囲む他の委員は目を伏せ、一様に押し黙っている。

下手の理事者側の席に居並ぶ、副知事を筆頭とした県の幹部たちも口元を引き結び、一様に緊張した面持ちだ。

県の公共工事を巡る虎島の黒いうわさは、県会議員はもとより県の幹部も知るところだった。

県議会として、見過ごすことのできぬ重大な問題であったが、本会議や委員会を通じて一度も取り上げられたことがなかった。


黒いうわさの張本人が、県政界の陰の実力者である大野の番犬で、暴力団との結びつきのある虎島とあって、誰もが知らぬ顔をしていたのだ。

「土木部長、そういうことですから、よろしくお願いしときます」

桜田が早口でもぞもぞと言った。

のっぺりした桜田の額に脂汗が滲んでいる。

この場は事をうやむやにして、委員会の幕引きを図ろうという魂胆のようだ。

「委員長！」

大声を張り上げ、鈴木が席から立ち上がる。

桜田の顔から血の気が失せ、表情がこわばる。

「委員長！この件に関しては、この場での答弁は求めません。私があれこれ申し上げても、土木部長も差しさわりがあって、答弁するのはなかなか難しいことかと思います。そこで、今日のところは、この辺で置いときますが、当局から、私自身に対して納得のいく説明がなければ、六月の県会本会議場に於いて、知事にこの問題について質したいと存じます」

鈴木は《六月の県会本会議に於いて》以下の最後の下りを、一段と声を張り上げ、重々しい口調で述べて着席した。

顔を真っ赤に上気させた虎島が、桜田に《早く閉会せよ》とばかりに目配せする。

「それでは、本日の委員会はこれで終わります」

閉会を宣告した桜田はさっと立ち上がると、背後の扉を開けて議長室に姿を消した。虎島もあたふたと後に続いた。

鈴木は、県政記者たちから取材攻めに遭っている土木部長の方に一瞥《いちべつ》をくれると、不敵な笑みを浮かべ委員会室を出た。

古傷が泣き所

《あの、くそゴリラめ！》

虎島の怒りは、議長室へ入っても治まらなかった。

鈴木への憎しみは募るばかりだった。

しかし、自分より二つほど年長で、大和平野の同じ川筋で育った鈴木には歯が立たなかった。

虎島が十四、五のころだった。

定職に就かず不良仲間を率いてぶらぶら遊び回り、悪さを繰り返していた時分である。

秋の夕刻、虎島が、川の土手を歩いていた女学生にちょっかいを出していたところに、旧制中学に通っていた鈴木が、柔道着を肩に背負い、朴歯《ほおば》の高下駄を履いてたまたま通り掛かった。

女学生が鈴木に助けを求めたことから喧嘩になり、河原で男らしく一対一でやり合ったが、小学校のころから警察の柔道場へ通っていた猛者の鈴木には、暴れん坊の虎島も為す術はなかった。

投げ飛ばされて河原に仰向けになったところを、馬乗りになった鈴木の強烈な襟絞めに合って気を失いかけたのだ。

以来、川筋の鼻つまみ者だった悪《わる》の虎島も、鈴木の前では小さくなり、お互いが県会議員のバッチを付けた今でも、鈴木は虎島のことを《とら》と平気で呼び捨てにしていた。

「議長、どないしましょう？　鈴木委員は、納得がいかんかったら本会議で知事に質問すると、えらい見幕なんですわ」

応接のソファに座った桜田が身を乗り出し、執務机のいすに腰掛けた大野に向かって尋ねる。

腕組みした大野は下うつむき、苦虫をかみつぶして桜田の話を聞いている。

大野と鈴木は四期目の同期だが、初当選した当時から馬が合わなかった。

大野が議長になって十年になるが、鈴木は一度も議長室を訪れたことがなかった。

四十人いる県会議員のなかで、実力者の大野を《議長の座に居座り続ける権力亡者《もうじゃ》》と、公然と言ってはばからぬのも鈴木ぐらいだった。

ややあって、大野が顔を上げて憤然と言い放った。

「どないするって、どうしようもないやないか！」

大野にとっては、鈴木に腹を立てるよりも、暴力団との関係をいつまでも清算できずにいる、側近の虎島が疎《うと》ましかった。

大野には隠された暗い過去があった。

少年時代から不良仲間に加わり、大阪の鉄火場に出入りしていた彼は、腕っぷしの強さと持ち前のど根性で、二十代の後半には土地の博徒の幹部にのし上がり、羽振りを利かしていた。

ところが、増長し過ぎて、酒の上のいさかいから兄貴分の右の手首を刃物で切り落としてしまった。

親分の計らいで幸い警察沙汰にはならずに

済んだが、大野は、酔った勢いとはいえ、下働きしていた時分から世話になっていた兄貴分を傷つけたことを深く悔い、やくざ稼業から足を洗った。

それと同時に、好きな酒もきっぱりと断った。三十を過ぎて間もないころだった。

大野は、スコップ一丁を手に裸一貫で土建業を始め、地道な努力とど根性で事業を伸ばした。

また、親分肌の器量が買われて、地域でもめ事が起きると仲介役に駆り出された。

そうした器量と面倒見の良さから、地域の人々に推されて市会議員に選ばれ、市議を一期務めた後、県会議員へと転身した。

そして今では、十年近くも県会議長の座にあり、押しも押されぬ県政界の実力者にまで昇りつめたのである。

そうした人には言えぬ過去の来歴がある大野だけに、県会議員という公人の立場にあることを弁《わきま》えずに、昔の悪い仲間たちとの腐れ縁が続いている、虎島や副議長の鬼貫のことを腹の中では快くは思っていなかった。

特に、鬼貫は毛嫌いしていた。

鬼貫は、虎島と同じく大野の一期後輩で、同じ民自党県議団に属しているが、大野も若い時分に裏社会に身を置き、足を洗った後は、土建業という同じ業界で裸一貫から身を起してきただけに、鬼貫の過去も、そして野心家で悪賢い人となりも十分に承知していた。

だから、鬼貫が県会議員に初当選し、えび茶のダブルの背広の襟もとに議員バッチを付け、民自党県議団の大部屋にいた大野の元に、辞を低くして挨拶にやって来た時から、油断のならない男として、その言動に注意と警戒心を払っていた。

大野の睨んでいた通りだった。

鬼貫は二期目が終わるまでは、部屋の先輩議員や年長者を立て、おとなしくしていたが、三期目の当選を果たすと俄然本性を露わにした。

議長の座を一日も早く我がものとせんとする野心から、毎年六月に行われる議会の役員改選の度に、大野の議長再選を阻止しようと暗躍した。

大野にとって、鬼貫はまさに獅子身中《しししんちゅう》の虫だった。

一方の虎島は、粗暴な振る舞いはあるが、根は単純で人が好かった。県会議員としては大野の方が一期先輩ながら、年齢は五つ年上の虎島とは気の置けない間柄だった。

虎島は民自党県議団の会長として、議長のいすにある大野を体を張って守り続けてくれた。

民自党県議団の内部で、大野の多選に反対する鬼貫らの動きを、文字通り力ずくで抑え込んだ。

一年ごとの改選を慣行とした議会の役員人事で、海千山千の同僚県議を向こうに回して、大野が九年もの長きに渡って議長の座に留まっているのは、虎島のお陰であると言っても過言ではなかった。

そうした虎島への恩義のほか、虎島の手足となっている暴力団は、若い時分に自身も関わりがあった組織ということもあって、大野は県の工事を巡る虎島の暗躍を見て見ぬふりをしてきたのだ。

だが、鈴木が虎島の黒いうわさの追及に立ち上がった今、大野は安閑としてはいられなかった。

その矛先が、議長である我が身にも向けられることになりかねなかったからだ。

《事の成り行き次第では、過去の古傷を県民の前に晒し、長年務めた議長の座に泥を塗ることに――》

大野は内心、気が気でなかった。

「そうでんなあ。議長はんが頼んでも、はい分かりましたと、おとなしく引き下がる人やないし……」

桜田がため息交じりにつぶやく。


当事者の虎島はふてくされた顔をして、桜田の隣でソファにふんぞり返っている。

議長室の窓から差し込んでいた明るい初夏の日差しは、いつの間にか陰り始めていた。

細工は流々

同じころ、爆弾質問を終えた鈴木は、県議会棟から程近い小料理屋の二階で副議長の鬼貫から接待を受けていた。

小料理屋の女将は鬼貫の妾で、人目をはばかる特別な客の持て成しは、二階の女将の居室を使っていた。

鬼貫と客の鈴木は、六畳の畳の間の中央に置かれた円形の黒い漆塗りの飯台に差し向いになり、喜色満面で盃を傾けている。

飯台の上には刺身やてんぷらのほか、小鉢に盛った野菜の煮付けも添えられている。

「今日の、虎の顔ったら…副議長にも見せたかったわ。わっはっは」

大ぶりな盃を手にした鈴木が、厳つい赤ら顔をくちゃくちゃにして笑う。

「泣く子も黙る恐い番犬も、鈴木先生にかかっちゃあ、借りてきた隣りの猫でんなあ」

口あしらいが上手な鬼貫が、にたにたしながら鈴木に酒を注ぐ。

「その、わしを丸めこんで、大野に一泡《ひとあわ》吹かそうとゆうんやから…。副議長もたいしたもんやさ。わっはっは」

鈴木は愉快でたまらないと笑いこけた。

しかし、すぐに真顔に戻ると、差し向いにあぐらを掻いて座っている鬼貫の顔を、薄笑いを浮かべ下からのぞき込んで言った。

「副議長、県政記者クラブの連中に、わしが質問することを事前に流したのも、あんたやないのか」

「すべては、県議会の円満な運営のためですわ。商工業界のためにも、ええことと違いまっか。そうでっしゃろ、鈴木先生!」

鬼貫が熱っぽく力を込める。

「そうや。商工業界のためにもな…。だか

ら、わしもひと肌脱ぐ気になったんや」

鈴木は酒屋を営んでいて、大野とは商工業者の同じ団体に所属しているが、大野が県会議長の威光を嵩《かさ》に着て会長を長年務め、鈴木は平の理事に甘んじていた。

「でもなあ、番犬の虎が、飼い主の大野に噛みつくやろか?」

盃の縁を口元に当てながら、鈴木が独り言のようにつぶやく。

耳聡《みみざと》い鬼貫が、すかさず言葉を返す。

「そのことなら、心配はおませんわ。委員会で先生からちくっとやられただけで、親父さんはおたおたしとるんでっせ。それを、本会議で取り上げられて、知事さんまでも追及されるときたら、そりゃあ震え上がりまっせ。やくざを使って、端《はた》の業者の入札を妨害して談合を取りまとめたり、請け負った工事はそっくり丸投げしとることが世間に明るみに出たら、指名停止どころか、親父さんも議員バッチを外すことにもなりますやろ」

鬼貫がしたり顔で言う。

己自身が暴力団と深い関わりがあり、虎島とは似たり寄ったりの存在であることは、まるで頭の中にないような口ぶりだ。

「でもな、今まで忠実に親分の大野に仕えてきたんやで。それに、あれらの任侠の世界は、上下関係が厳しいらしいからな」

鈴木が盃を口元に寄せ、ぼそっと呟く。

「しかし先生、背に腹は何とやらで。指名停止になり、議員バッチも外さなならんようになったら、金に苦労して県会議員になった甲斐がおまへんしな。そのことが、どんなに辛いか。わしも同業ですから、よう分かります。だから先生が、親父さんに議長選挙に手を挙げたら、本会議での質問は取り下げると言うたら、大野の向こうを張って、議長選に名乗りを上げるに決まっとります」

自信たっぷりに鬼貫が応える。

「そんなもんやろか」

鈴木は、それでも合点がいかないような口ぶりだ。

「そんなもんですわ。それに、市会議員なり、県会議員になった以上は、誰だって一度は議長になりたいんと違いまっか。鈴木先生もそうやろうし、わしだって議長になりたいですわ。親父さんにとっては、むしろ、願ったりかなったりやおまへんか」

鬼貫の口元に薄笑いがこぼれる。


階段を上がって来る小さな足音がし、部屋の入り口のふすまが静かに明いた。

「お酒をお持ちしました」

すらりとした着物姿の女が顔を見せた。

鬼貫の妾である小料理屋の女将だ。

茶の縞模様のお召しに花柄の帯を締め、両手で捧げ持つ朱塗りの盆には、白い器肌の銚子が三本のっかっている。

「女将、世話を掛けるな」

鈴木が上機嫌で声を掛ける。

「とんでもございません。大したお持て成しはできませんが、どうぞ、ゆっくりしていって下さい」

鬼貫のそばに座った女将は、下の店から運んできた銚子を飯台の上に置くと、その一つを手に取った。

「先生、どうぞお熱いのを、お一つ」

　女将は、斜め向かいに座った鈴木に銚子を差し出す。あごの尖った三角顔で、色白の細い目元に笑みをたたえている。

「美人の女将の酌で酒が飲めるとは——。こりゃまた結構なことやないか」

　鈴木が鬼貫の顔をちらっと見やり、手にした盃の酒をぐいと飲み干した。

　そして、からかい半分の気持ちからか、女将に向かって、ポマードで髪をオールバックに塗り固めたてかてかした頭を軽く下げ、両手で押し頂くように盃を差し出した。

「まあ、先生ったら……。いやですわ」

　鈴木の大仰な仕草に、女将は照れ臭そうに酌をした。四十に近い年格好だが、どことなく若やいだ雰囲気があった。


　翌朝の新聞は、建設委員会での鈴木の発言を一斉に報じた。

　大和日報はもちろん一面トップである。《県の公共工事を巡って黒いうわさ》と、地紋白抜きで縦五段の派手な凸版見出しを付け、わきに《暴力団が介入し談合による不正入札　県議が関与か？》と、ゴシックでぶちかましている。

　下宿の寝床の上で、起き抜けに大和日報の華々しい紙面を目にした岬は眠気がいっぺんに吹っ飛んだ。

　黒いうわさの渦中にある虎島や息の掛かった暴力団の暗躍を暴いてやると、紙面を握り締め士気を奮い立たせた。

　虎島の背後には、自分を若造と見下して侮

辱した、憎い議長の大野がいるかと思うと、いやが上にも闘志が燃えた。

その日の午後、岬は県議会の無所属議員の部屋を訪れた。

議会棟の一階の隅っこにある六畳ほどの小さな部屋は、一匹狼の鈴木をはじめ三人の議員が共同で使っていた。

部屋の真ん中に円形テーブルと背もたれの付いたいすが三つが置かれ、片隅には書類などを保管するための専用のロッカーが並んでいた。

岬が部屋を訪れるのは、県政記者に赴任しての挨拶回り以来、二度目だが、折よく鈴木一人が部屋にいた。

いすに深々と腰を掛け、何か考え事をしている風で、ひざの上には、彼の爆弾発言を大々的に報じた大和日報が載っている。

「よお、まあ入れや」

部屋の扉を開けた岬を、鈴木は古くからの顔馴染みのように気安く招き入れる。

「失礼します」

岬は軽く会釈して中へ入り、扉を締めた。

「えらく派手にいってくれたやないか」

ひざの上の大和日報にちらっと目をやり、鈴木がごつごつした赤ら顔をほころばす。

「当然ですよ。県会議員が、暴力団を使って県の公共工事を食い物にしているのですから」

扉を背にした岬が、立ったまま口を尖らす。

「まあまあ、そうむきにならんと」

鈴木が、怒りをあらわにした岬の表情を上

目づかいに下から眺め苦笑する。

「土木部から昨年度の入札の資料をもらえたのですか」

岬が勢い込んで尋ねる。

部屋を訪れたのは、そのことを鈴木から取材するためだった。

「昨日の今日だし、そう簡単にはいかんやろ。それにな、あくまでも、うわさ話に過ぎないし、実際のところは、別に問題はないのかもしれんしな……」

何やら気のない返事だ。

つい昨日、委員会で黒いうわさを取り上げ、県当局に対して真相糾明を敢然と迫った鈴木とは、まるで別人のような口ぶりだ。

「問題がないことはないでしょう。虎島議員と暴力団との結びつきは公然たる事実だし、鈴木議員もそう承知してるから、委員会で問題にしたのではないのですか」

岬は少々むきになった。

「黒いうわさがあるのは知ってたわな。だから委員会で取り上げたんや。それが事実でなかったにせよ、公の場で問題にしたことで、不正な行為を牽制することになるから、わし自身は、それなりに意義があったと思っとるんよ」

鈴木の言葉は、岬には言い訳がましく聞こえた。

そして、事の真相究明に気負い立つ岬の気持ちをはぐらかすように、話の矛先《ほこさき》を換えた。

「それはそうと、君は小田とかいう記者を知っとるか。大和日報のＯＢと言っていたが」

岬は意外な気がした。

「知っていますよ、私の先輩ですから。で、小田先輩が何か？」

「芝崎社長から、会ってやってほしいという電話をもらったんで、部屋に来てもらったんや。何、顔つなぎで、別に大したことではなかったわ」

「そうですか」

浮かぬ顔で生返事をした岬は、すぐに気を取り直すと、小声で
「土木部の資料が入りましたら教えて下さい。また来ますから」

と言い添え部屋を出た。

売り言葉に買い言葉

岬は廊下を引き返して、議会棟の正面玄関へやって来た。

入り口の受付に中年の男の守衛が座っている。

すぐ目の前に、三十人余りの議員を擁し、県議会で圧倒的な勢力を誇る民自党議員団の大部屋がある。

岬は、大野と鬼貫がいる二階の正、副議長室へは意地でも行かなかったが、一階の大部屋には取材がてらちょくちょく足を運んだ。

六十畳ほどの広さの大部屋には専従の女子職員二人が詰め、お茶汲みや電話の取り次ぎ

などに当たっていた。

大部屋と隣り合って、十畳ほどの専用の応接室が二つあった。

《誰か顔を見せているかな？》

岬は軽い気持ちで部屋の扉を押し開け、中へ入った。

と、木製のつい立ての向こうから、男の野卑ながらがら声が聞こえてきた。十人ほどが座れる応接セットが置かれている場所だ。

「若いもんが女子《おなご》に悪さすんのは、精力が有り余っとるからや。だからな、わしはな、青少年の非行防止のために赤線を復活せえと、民自党の代議士に言うとるんや」

「先生たら、赤線のこと詳しいんですね」

ねちねちした女の声が相手する。

「当たり前じゃ。若い時分、赤線の女子の面倒をみとったからな」

《何を詰まらぬことを！》

岬は足を止め、聞き耳を立てる。

「先生、赤線の女の人って、うちらみたいに、年のいった人もいてはったんですか」

「アホなこと言うな。お前らみたいな婆《ばば》あはな、お払い箱や」

「先生たら、ひどいやないの。うちらを婆あやなんて」

「そやかて、婆あやないか。お前らみたいな婆あはな、使い道があらへんわ」

《真っ昼間に、それも神聖な議会の中で下劣なばか話をしてるのは、どこのどいつだ！》

岬が、つい立ての陰から静かに出た。

応接のソファの傍らに立っていた二人の中

年の女子職員が、びっくりした顔で岬を見る。

　岬が足元のソファに目を転じると、なんと、黒いうわさの渦中にある虎島がそこにいるではないか。

　派手な茶鼠の背広姿でソファに浅く腰を掛け、大股開きで左半身に構えていたが、岬と視線を交わした途端に、太いげじげじまゆを眉間に寄せ、険しい表情になった。

「おお、これはペンの暴力団やないか。わしに用か」

　白目をむき、岬の顔を下からにらみ付ける。

　岬も負けずににらみ返す。

「別にありませんが、ペンの暴力団とは何ですか！」

　売り言葉に買い言葉で、岬はけんか腰だ。

「そうやないか！　わしの言い分も聞かんと、ごちゃごちゃと書きさらして――」

　虎島は岬に向かってあごをしゃくり上げ、語気を荒げる。

「一体何のことですか」

　朝刊ででかでかと報じた、虎島に関する黒いうわさの一件であることは百も承知だが、岬はわざとすっ惚《とぼ》ける。

「昨日の建設委員会の記事やがな」

　虎島が忌々しげに言う。

「ああ、あの黒いうわさのことですか」

「そうや」

　虎島はばつが悪そうに声を落とす。

　すかさず岬が畳み掛ける。

「そうすると、委員会で鈴木議員が追及した黒いうわさの県会議員というのは、お宅のことでしたか」

岬はしゃあしゃあと言ってのけ、冷ややかな目で虎島の顔を上からのぞき込む。

ぼってりとした虎島の顔面が、たちまち朱に染まる。

そして、怒りが爆発した。

「何を抜かすか！　ペンの暴力団め！」

虎島は声を荒げると、テーブルの上にあった飲みかけの湯呑み茶わんを右手で鷲摑みにし、ぱっと立ち上がった。

意表を突かれた岬は真っ青になって後ずさりしたが、気後れせずに言い返した。

「ペンの暴力団、大いに結構ですよ。でもねえ、そう言うお宅は、本物の暴力団じゃあないですか」

「なにっ！」

虎島は叫ぶなり、岬の顔を目掛けて、湯呑み茶わんを下手から思いっきり放り投げた。

《ガシャン》

岬のほおをかすめた湯呑み茶わんが、後ろのつい立てに当たって砕けた。

飲み残しのお茶が赤いじゅうたんを濡らし、茶わんの破片が床に飛び散る。

傍らで心配そうに成り行きを見守っていた、二人の女子職員が黄色い声で悲鳴を上げた。

玄関の受付に座っていた守衛が血相を変えて飛び込んで来た。

「どないしましたんや！」

守衛は浅黒い顔をこわばらせ、部屋詰めの二人の女子職員の顔を交互にのぞき込む。

女子職員は口元を両手で覆い、下うつむいて黙っている。

かっと大きく見開いた虎島の両眼は血走り、握り締めた両手のこぶしが微かに震えている。

湯呑み茶わんを投げつけられた岬は、青ざめた表情で立ちすくみ、口を真一文字に結んでいる。

「先生、どないしたんでっか?」

守衛が顔をこわばらせ、虎島に向かって遠慮がちに尋ねる。

「別に何でもないわ。帰れ帰れ!」

虎島は、守衛を左手で邪険に追い払うような仕草をしながら怒鳴り付け、ソファに腰を下ろした。

守衛が《あんたも、この場から退散するように》と、岬に目配せする。岬は小さくうなづき、そそくさと部屋を出た。

疑心暗鬼

県会議長の大野の番犬である虎島を離反させ、議長選挙に担ぎ出そうと画策する鬼貫の動きは、昵懇にしている鈴木を通じて芝崎の元にもこっそり伝えられていた。

岬が黒いうわさの追及に執念を燃えしていて、民自党の部屋で渦中の虎島との間で派手な喧嘩口論に及んだ事も、その日の夜に吉野の自宅にかかってきた鈴木からの電話で知らされた。

その上で、鈴木から《大野の追い落としに、何としても虎島を議長選に担ぎ出したいので、社長の方から、岬記者に対して、虎島の黒いうわさに関する取材を自重するように促してほしい》と懇願された。

その場は承諾はしたものの、芝崎にその気はなかった。

《県民のために長期県政の腐敗を暴け！》

社長就任以来、記者たちを鼓舞し続けてきたのは、他ならぬ芝崎自身であった。

若くて純情な岬は、芝崎の意気に感じて、県の公共工事に関する疑惑の追及に闘志をたぎらせているからだ。

岬の取材活動に水を差すことは、己の信念を自ら否定することであり、岬一人だけでなく、大和日報で働く社員全体に対する裏切りであった。

芝崎は、記者の士気を鼓舞することはあっても、ペンを折るようなことはしなかった。

そうであることが、社会の公器といわれる新聞の発行責任者である、社長の自分が守らなければならぬ掟だと、心に刻んでいた。

記者の取材活動を巡って、首長や政治家、県会議員などから直接、苦言を呈せられたり、取材を手加減してほしいと頼み込まれることが再々あった。

芝崎は、その場は聞き置くだけであった。

会社に戻ってから、社長室で編集局長に事の次第を報告することはあったが、記者を呼んで直接事情を質したり、取材活動に干渉したりすることは一切なかった。

大和日報の紙面に掲載された記事が、善かれ悪しかれ、県民の間で反響を呼んでいることは、芝崎にとって痛快でたまらなかったからだ。


明け方の午前五時を回ったばかりというのに、大野は寝間にしている離れの縁側であぐらをかき、小皿の梅干しを箸でつまみながら、何時ものようにお茶を飲んでいた。

縮みの半袖の肌着にステテコ姿で、寝床から脱け出したままの格好だ。

落とした両の肩に、厚い肉付きと張りはまだまだあるが、ほおはたるみ、太いまゆに白いものが目立っている。

空はすっかり開け放たれ、奈良市の西郊の高台にある屋敷の垣根越しに、東大寺の大仏殿の鴟尾《しび》が、朝日を浴びて白く輝いているのが遠くに見える。

大野は、夜の明けやらぬうちから掛かって来る、デカ（刑事）の中村や料亭の仲居などからの電話を受けた後、縁側でお茶を飲みながら、あれこれと思案するのが長年の習慣になっていた。

枕元に置いてある電話は二本で、うちの一本が中村の専用で、彼以外に電話番号は教えてなかった。

中村は県警の古参の刑事だった。

大野が初めて県会議員選挙に立候補した際

に、運動員の金銭による票の買収工作を巡って大野を取り調べたのが中村であり、そのことが二人の仲の始まりだった。

中村からの電話は毎日のように、早朝、それも午前五時ごろに掛かってきた。

話の内容は、県会議長のいすを虎視眈々と狙っている鬼貫の動向はもちろんのこと、地元の国会議員や知事、市町村長の目立った動き、暴力団や右翼の動静、さらには警察が握っているアングラ情報まで多岐に及んでいた。

大野自身も独自に、夜の社交場となる県内の主だった料亭に情報網をひそかに張り巡らせていた。

これはと見込んだ古参の仲居に、料亭に顔を出すたびに高額のチップをこっそり握らせ、大野自身が出席していない会合や宴席に連なった、政財界のメンバーの顔触れや話の内容などについて、翌朝に電話で報告をさせていた。

国会議員や県会議員らの隠密行動も、大野には筒抜けだった。

大和日報の芝崎と副議長の鬼貫が猿沢池のほとりの料亭でひそかに会ったことも、翌朝には大野の耳に入っていた。

家が貧しく、小学校も出ていない大野は、平仮名しか読み書きができなかった。

このため、議長として本会議場で読み上げなければならない、議案書などの漢字にはルビが振られていた。

反面、記憶力は抜群で、自分が目にしたこと、耳にしたことは決して忘れることはなかった。

取り巻きの、側近の議員からの情報はもとより、刑事の中村、料亭の仲居らの話を脳裏にしっかりと刻み込み、県政界の掌握に役立てていた。

《副議長の鬼貫が仲裁して、鈴木と虎島が鬼貫の妾の料理屋で手打ちをしたという中村の話やが、副議長や虎から、わしに報告がないのはどうしてやろ？》

大野は、先ほどの中村からの電話に安堵しながらも、どこか釈然としなかった。

人の好い虎島が、鈴木や腹黒い鬼貫に丸め込まれたのでないかと不安になった。

数日前に、奈良の料亭の仲居が《鬼貫の妾の料理屋へ鈴木が入るのを見た》と朝の電話で知らせてきた時も、妙に胸騒ぎを覚えたものだった。

《虎の顔を見たら、鈴木と手打ちが出来たのかどうか、今日でも確かめてみたろ》

大野はぎゅっと口元を引き締め、縁側から腰を上げた。

五月も残りわずか、月が替われば県議会の役員改選が幕を開ける。

灰色の地味な背広姿の大野は、迎えの高級車でいつも通り午前十時過ぎに県議会へやって来た。

議長室の応接のソファに座り、お茶をすすりながら議会事務局の局長から決裁の書類について説明を受けていると、取り巻きの一人である杉田が、ノックもせずに部屋へ入って来た。

何やら薄い冊子を手に持っている。

「また、後ほど参ります」

局長はテーブルの上の書類を手にするとソファから立ち上がり、大野に一礼しそそくさと退室した。

杉田が入れ替わりソファに腰を下ろし、手にした冊子をテーブルの上に無造作に置いた。

冊子はB5判の薄っぺらなもので、白い表紙の上部に〈月刊・風見鶏〉と冊子名が黒字で横書きされている。

また、表紙の下の方には〈創刊記念特集・県会議長選挙展望〉と赤のゴシックで横書きされていた。

「議長、こんな縁起でもないもんが、店の方へ回って来ましたぜ」

鶯色の背広を着た杉田は四十前後で一期目の新人だ。

書店を数店舗経営している二世議員で、県会議員だった亡父の後継として選挙に立候補した折りに、大野から多額の陣中見舞いをもらったことで、当選後は大野の忠実な子分として仕えていた。

「これが、どないかしたんか」

大野がテーブルの上の冊子にちらっと目をやり、真向かいに座った杉田に尋ねる。大野は平仮名しか読めないのだ。

「カザミドリという冊子で、六月の県会議長選挙のことをあれこれ書いておますのや」

色白の細長い顔にどんぐり眼の杉田が、テーブルの上に両手を突き、大野の顔を下からのぞき込む。

「で、何と書いとんのや」

大野の口調は素っ気ないが、議長の座から下りる気持ちなど毛頭ないだけに、書かれている内容が気になるようだ。

「議長、別に大したことは書いておませんので、えろう、気にせんといて下さいや」

杉田は作り笑いを浮かべてはぐらかすが、海千山千の県会議員たちの中にあって、十年間もの長きに及んで議長の職にある大野に、そんなごまかしは通用しない。

「大したことは書いておらんやろうが、わしにとっては、気になるやないか。だから聞かせてや」

柔らかな物言いだが、大野の言葉にはどことなく凄みがあった。

「そうでっか。では、書いてあることを簡単に言いまっけど、議長はん、気にせんといて下さいや。冊子の記事では、大野議長が十年間に渡って議長を務めたことを花道に、議長の座から下りるのではないかという見方が、県議会の議員の間で広がっていて、新しい議長が、民自党の議員の中から選出されることが予想されると、まあ、あることないこと書いとりまんのや」

杉田は冊子に視線を落したまま、ぼそぼそと語った。

大野は両手をひざの上に乗せ、目を閉じ、下あごを斜め上方へ突き出して素知らぬ風に聞いていたが、十年を区切りとして議長の座から降りろと、記事によって引導を渡されているようで、はなはだ不愉快だった。

「記事を書いたのは誰や」

「県会議長選挙の記事でっか？」

杉田がおうむ返しに聞く。

「そうや」

大野が憮然として応える。

「記者の名前は書いとりまへんわ。どうせ、ごろ新聞のヤクザな記者が書いたんでっせ」

大野の不穏な胸中を和らげようと、杉田はわざと事もなげに言ってのける。

「大方、そんなところやろ。そんな記事を誰も読まへんし、広告や寄付をたかろうとして、ろくでもない奴が本にして出したんやろ。そんなもんを、まっとうな本屋が売ることもないんやないか」

大野が閉じていた両眼をかっと見開き、杉田にじろりと流し目をくれる。

大野にとって、冊子の記事の内容は非常に気になるが、平仮名しか読めないとあってば、無視する外はなかった。

「議長のおっしゃる通りでっさ。だから、うちの店は送り返しましたわ。しかし、わけのわからん冊子に、大手のゼネコンや県内の主だった建設会社や土建屋、それに副議長や虎島議員の会社までが広告を出しとるんでっせ。議長、どない思います？」

杉田は腕組みし、上目づかいに大野を見る。

「……」

大野は杉田の顔をちらっと見やると、ソファの背もたれに頭を預け、そっと両目を閉じた。

まぶたの裏に、大和日報の社長の芝崎の顔が浮かんだ。

それというのも、前年の秋に芝崎が治山・

治水研究会なるものを結成し、鬼貫に手助けしてもらい、大野の息が掛かった大手のゼネコンや県下の主要な建設会社を会員に次々と引っ張り込んだのだ。

大野の聞くところによると、会員になった会社は高額な年会費を収めるほか、ホテルや旅館を会場に開催される月一回の例会に会費を払って出席し、県の土木部の部課長から県内の公共事業に関する話を聞いた後、芸者衆を呼んで宴会に及んでいるとのことだった。

研究会の結成に際しては、芝崎が議長室を訪れて大野に対して一応は仁義を切ってきた。

大野にすれば《人の懐に手を突っ込むな》と、鼻であしらうところだが、間に立ったのが副議長の鬼貫であり、芝崎から《山々に囲まれた大和にとって、治山治水が肝要であり、政治の要諦であることは、県会議長として重々ご承知置きのことと存じます。そこで、地元新聞として治山治水のための研究会を結成し、本県の最重要課題に積極的に取り組むことになりました》との口上を縷々《るる》聞かされると、芝崎の腹黒い魂胆は分かり過ぎるほど分かってはいても、首を横に振ることは出来なかった。

大野はテーブルの下のブザーを押した。

中年の男性の秘書課長が、あたふたと議長室へ入って来た。

「あのなあ、下の控え室へ行って、お茶汲みの職員に、虎島議員が見えたら、議長室へ来てもらうように言うといて」

「分かりました」

秘書課長は直立不動の姿勢で一礼し退出した。

「それじゃ、私もほかに用がありますんで……」

大野の機嫌を損ねた杉田も、テーブルの上の冊子を手にすると、ばつが悪そうにソファから立ち上がった。

大野は出前のきつねうどんでいつものように部屋で昼食を取り、夕刻まで議長室で過ごした。

この間、金縁の眼鏡を掛けた坊主頭の桜田をはじめ側近や取り巻の議員らが、入れ替わり立ち替わりご機嫌伺いに訪れ、他愛もない話でお茶を濁して引き上げた。

しかし、大野が手ぐすね引いて待っていた虎島はついに姿を見せなかった。

忠言はほろ苦し

大和日報の岬は、夕方六時のテレビのニュースを見終えると応接のソファから腰を上げた。

サブの新人は、原稿のことでデスクに呼ばれて、一足早く本社へ引き揚げていた。

県庁五階の記者クラブの部屋では、数社の記者が自席で原稿を書いたり、本を読んだりしていたが、岬は机の上に置いてあった黒いショルダーバックを肩に掛けると、声も掛けずにそそくさと部屋を出た。

白い半袖の開襟シャツの胸ポケットに、小銭入れの財布と黒のボールペンを納め、肩のショルダーバックには一眼レフのカメラと取材ノートが入っている。

岬は、記者クラブから十メートル足らずの距離にあるエレベーターへ向った。

終業時間はとっくに過ぎ、ほとんどの職員は退庁しているので廊下に人影はなかった。

蛍光灯の灯りが灯った部屋の板壁越しに、残業で居残った職員の気配が感じられるだけだった。

エレベーターは三基あり、地階から最上階の六階までの乗降に職員や県庁を訪れた人々が利用しているが、開庁時間外とあって一基しか稼働していなかった。

岬は乗降口の壁面に取り付けた下りのボタンを押し、一階からエレベーターが昇って来るのを独りでぽつんと待っていたところ、靴音がし、背後から渋い男の声がした。

「岬君やないか」

驚いて岬が後ろを振り向くと、白い長袖のワイシャツ姿の石黒が立っていた。

灰色のズボンにノーネクタイで、相変わらず外見を気にしない地味な身なりだが、黒ぶちの眼鏡を掛けた血色のよいぼってりとした赤ら顔は、大和日報にいたころに比べ心なしか生気に乏しかった。

また、在社当時は、いつも小脇に分厚い数冊の本を抱えて通勤していたが、この日は右手に単行本を一冊持っているだけだった。

「あっ、副社長！　どうも」

岬はぺこりと頭を下げた。

大和日報を二月に退社した石黒が、二カ月後に大和新聞の客員論説委員に迎えられ、県政や国政を主要なテーマとした論説〈金曜時評〉を、毎週金曜日付で大和新聞の表面に掲載していることは紙面で知っていた。

　また、知事の木村が、県政記者クラブと隣り合った広報課の片隅に石黒のために小部屋を設け、女子職員が湯茶のサービスや掃除などをしているという話も小耳に挟んでいたが、県庁内で石黒の姿を直接目にすることはなかった。

「頑張って書いてるやないか」

　石黒の眼鏡の奥に笑みが浮かんでいる。

「はい。でも、まだまだです」

　岬は殊勝に応える。

　石黒が退社し、大和日報の一面から骨太な社説が姿を消したことに、岬は大和日報の社員として、また読者の一人として寂しさを覚えていた。

「副社長も遅くまで……」

「いやいや、別に大したことはないんや。知事との話がつい長話になって……」

　石黒は早口で応えた。

　知事室は同じ五階の東側奥の突き当たりにあった。

　広々とした部屋の大きなガラス窓の向こうには、木村が一木一草を愛してやまない、緑豊かな奈良公園が広がり、百年以上も年を経た松の樹間に東大寺の大仏殿の鴟尾や若草山を間近に望むことが出来た。

「久しぶりに君に会ったのも何かの縁や。別に用事が無ければ、どうや、一杯やらんか」

　石黒は磊落《らいらく》な調子で岬を誘った。

「はい。ご一緒します」

岬は嬉しそうに頷いた。

駆け出しの新米記者の分際で、石黒に向かって生意気な悪たれ口を叩いた若造は、石黒が大和日報を去った後、奈良県の言論界の頂点に長く君臨し、健筆をふるってきた彼の存在の大きさを改めて思い知らされた。

そして、我が身の至らなさを恥じるとともに、偉大な大先輩に今では深い敬愛の情を抱いていた。

石黒が岬を伴ったのは、県庁から歩いて十分足らずの近鉄奈良駅に程近い馴染みの居酒屋だった。

県庁の最寄り駅である近鉄奈良駅は、石黒にとって大和日報の本社への通勤の乗降駅であった。

石黒は、会社帰りや県庁での審議会の会合を終えての帰途、間口一間の瀟洒な町家風の居酒屋に、書物を小脇に抱えて立ち寄り一杯やっていた。

畳六畳ほどの店の中は、L字形の細長い立ち飲みカウンターが調理場との間を仕切り、カウンターでは大人七、八人が肩を寄せ合って飲めた。

暖簾《のれん》をくぐって中へ入ると、カウンターの両端に客がいて、真ん中のテーブルが空いていた。

石黒がカウンターへ身を寄せ、手に持っていた単行本をカウンターの上に置く。岬は、肩に掛けたショルダーバックをコンクリートの床の上に下ろし、石黒の左横に立った。

カウンター越しの調理場に、店を切り盛りしている年配の夫婦がいた。

頭の禿げあがった亭主が酒肴を調理し、白髪交じりの女房が客に酒食を出していた。

色白で、細面の女房は、若い時分に色街で芸者をしていただけに、客あしらいも巧みで、年齢を感じさせない小粋な雰囲気があった。

「どうや、酒にするか、それともビールか」

石黒が、緊張した面持ちの岬にちらっと目をやり、ざっくばらんに尋ねる。

「僕はビールを頂きます」

石黒の酒に付き合うのは初めてとあって、岬の口調も言葉付きも常とは違って改まった感じだ。

「女将、この君《くん》にビールを出してやってくれ。あての方は、聞いて出してやってくれ。わしは、いつものやつや」

カウンターの向こうで愛想笑いを浮かべている、白い割烹着姿の女将に石黒が声を掛ける。

「分かりました」

女将はしとやかな物言いで応えた。

そして、足下のガラスケースの冷蔵庫からビール瓶を取り出すと栓を抜き、グラスを岬のテーブルに置いた。

「どうぞ」

カウンター越しに女将がビール瓶を差し出し、岬が右手に持ったグラスに注ぐ。

岬は白く泡立ったグラスをそっと手元に置いた。

「君、遠慮せんでええから、さっさと飲んでや」

「でも、副社長の方がまだ……」

　岬がうなずくように軽く頭を下げた。

「わしのことか、じきに来るから、遠慮せんと先にやれよ」

　石黒が岬に向かってあごをしゃくる。

　岬は黙って小さくうなずくだけだった。

「お客さん、あての方はいかが致しましょう」

　女将が岬に尋ねる。

「何でも好きなものを頼んでや」

　石黒が脇から口を添える。

「それでは、焼き鳥と、それにトマトありますか」

　岬は好物の二品を注文した。

　カウンターの奥の調理場から亭主が尋ねる。

「トマトは、輪切りにしたものでよろしいのですか」

「はい。輪切りにして、塩を少し添えてもらえれば」

　岬が返事を終えたところに、酒の徳利と陶器の盃、それに酒のあての冷や奴とナスの漬物の小鉢が、女将の手で石黒のテーブルに並べられた。

「お注ぎしましょうか」

　岬が徳利に右手を伸ばす。

「いやいや、わしは手酌でやるから、君も、わしに構わんと好きにやってや」

　石黒は頭を振ると、テーブルの徳利を握り、自分で盃に温めの酒を注いだ。

　そして、盃のふちを舐めるようにして、静かに酒を口に含んだ。石黒に続くようにして岬もグラスを傾け、冷えたビールをぐいと煽った。

「岬君、いきなりこんなことを言うのも何だが、虎島県議と派手な立ち回りをやったそうやないか」

石黒が盃を口元に寄せ、前を見たまま小声で言う。

「立ち回りだなんて！　そんなことはしてませんよ。僕の言ったことに虎島県議が腹を立ててて、湯呑み茶わんを僕に向かって放り投げただけで、僕の方は何も手出しはしていません。ほんとですよ」

岬は目を三角にして応える。

「まあ、そうむきになるな。君の言うとおりだろうが、うわさの当事者が、昔はヤクザだった虎島議員と日報の若い熱血記者とあって、誇張されて、面白半分に県庁内で言いはやされているんだろう。だけどな君、余計なお節介かもしれんが、正義感を発揮するのは結構やが、それも相手によりけりだぞ」

「それは、どういうことでしょうか」

岬が遠慮がちに尋ねる。

「そうじゃないか。議員として政治に携わる身でありながら、国民や市民のために、国の政治や地方政治がどうあるべきかもろくに考えず、議員バッチを付けて意気がっているような奴なんかを相手にしてなんになる。ええ、岬君」

「分かりました。今後は気を付けます」

岬は素直に返事したものの、釈然としないものがあった。

「とは言っても、悪いことは悪いと、相手構わずに己の考えを主張するところが、君のええところでもあるしなあ。芝崎社長も、そんな君の心意気を頼もしく思っているんだなあ。でもな、注意しなければならないのは、己の考えや見方がすべて正しいとは限らないということなんだ」

「副社長のおっしゃるように、自分の言っていること、考えていることがすべて正しいとは限らないかもしれませんが、正しいと思わなければ、記事で批評したり、社説で自らの主張を述べることも出来ないのではないでしょうか」

岬はやんわりと反論した。

「それはそうだが、僕が言わんとしているのは、己のしっかりとした考えや見方を持つためには、対象となる物事をいろんな面から眺め分析して、その実相を捉えることが大事だと言うとるんだ。そうでなければ、的外《まと》れの記事や誤った論評で世間を惑わしたり、間違った方向へ世論を導くことにもなりかねないしな……」

石黒は盃を煽り、ひと息入れた。

岬はグラスを手にしたまま、うつむき加減に聞き入っていた。

「君が、奈良市の奈良阪開発を政治的問題として捉え、県が開発を許可しないのは、知事選へ意欲を燃やす中沢市長の出馬を阻止しようとする、木村知事の意向が働いたものと決め付けるのも、僕からすれば、一面的な、独り善がりの見方に過ぎないし、芝崎社長の持論とした阪奈和合併についても然りさ」

小声で、吐き捨てるように言い放った石黒の言葉は、岬の胸をぐさりとえぐった。

岬は返す言葉も無かった。

居酒屋で小一時間ほど石黒にご馳走になった後、岬は大和日報の本社へと戻って行ったが、ほろ苦い思いを抱きながら、夕暮れの街頭を歩く彼の胸中に去来したのは、県政記者となった彼に対する励ましとも、皮肉ともとれる知事の木村の言葉だった。


それは、岬が県政記者として県庁へやって来た四月の初旬、木村への挨拶のために真っ先に知事室を訪れた時のことだった。

若い男性の秘書に案内され知事室に入ると、濃紺の背広姿の木村は、奥まった執務机に座って決裁書類に目を通していた。白いカッターワイシャツに赤い縞模様のネクタイを締めている。

日ごろはノーネクタイでジャンパー姿の岬も、知事への初対面の挨拶とあって、真新しい紺の背広姿で、白いワイシャツに薄茶のネクタイをしていた。

岬が、部屋の入り口近くに置かれた応接セットの傍らに緊張した面持ちで立っていると、木村は顔を上げて彼の方へちらっと視線をやり、おもむろに腰を上げた。

長身の木村は悠然と岬の元へやって来た。柔和な表情だが、眼鏡の奥は笑ってはいなかった。

岬は上着の左ポケットから黒い革の名刺入れを取り出し、右手の指先で中に納めた一枚を摘み出すと、

「大和日報の岬と申します。この度、異動で県政担当になりました。どうか、よろしくお

願いします」

深々とお辞儀をしながら木村に差し出した。

「知事の木村です。こちらこそ、よろしくお願いします」

木村も岬の名刺を手にし、慇懃に挨拶を返した。

新年度がスタートしたばかりで、公務が立て込んでいるとあって、秘書課長から《初対面の挨拶は手短にお願いいます》と事前に言われていたので、岬はお辞儀をして、退室すべく入り口の方へ向ったが、すぐに木村に呼び止められた。

何事かと思って立ち止まり、後ろを振り向いた岬に、木村は笑みを浮かべ、さりげない口調でこう言ったのだ。


「岬さんは、県政を担当する前には確か奈良市政を担当されていたんですね。奈良市政を担当されていた折り、奈良阪の開発問題に関して手厳しいご指摘を頂戴致しましたが、奈良市の側に立てば、そんな受け止め方をされるのかもしれませんね。でも、今度は県政を担当されることになられたのですから、地元紙の記者として、奈良阪開発なり、阪奈和合併が奈良県の現状と将来に及ぼす問題についてお考え頂き、記事を通して有益なご意見やご提言を賜わることが出来ればと思っています」

岬は表情を強ばらせ、頭を軽く下げて知事室を後にした。腋《わき》の下に汗がぐっしょり滲んでいた。

裏取引

六月県議会の開会を数日後に控えた夕刻、芝崎は大和日報の社長室で懇意にしている県会議員の鈴木と話し込んでいた。

県会の一匹狼として知られた鈴木は、先ごろの建設委員会で、県の公共工事を巡る虎島と暴力団の談合疑惑を追及したばかりだが、その件に関する岬の取材攻勢に閉口して、芝崎に助けを求めて来たのだ。

「鈴木君なあ、社長のわしから、岬記者に取材をやめろなんて、とてもじゃないが言えんわ。わしはな、記者たちに県政をはじめ市や町の腐敗を許すな。徹底的に暴いて政治や行政を正せと、社長就任以来、発破をかけてきたんじゃ。そのわしが、取材をやめろと言えるかいな。いくら君の頼みでも、これだけは勘弁してや」

一人掛けのソファに深々と腰を沈めた芝崎は、軽く腕組みした右手であごを撫でながら済まなそうに言う。

説得する相手が配下の若い社員とはいえ、ささいな交通事故の記事を没にされたことにさえ怒り、血相を変えて論説主幹の石黒の下に抗議に乗り込んだ岬である。

下手に構い立てすれば、一本気《いっぽんぎ》で、鼻っ柱が強い岬から手ひどい反撃を受けることは目に見えていた。

「社長はん、そう言わんと、公共工事を食い物にしとる悪徳県議の虎（虎島）を許さんと、しゃかり気になっている岬という記者に、社長はんから、あんじょう言い含めてやって下さいや。頼みますわ。そやないと、大野を議長の座から引きずり下ろすために、副議長やわしが考えた作戦が台無しになりまんのや。わしが建設委員会で、大野の番犬である虎のことを追及したのも、虎をわしらの側に引っ張り込むためにしたことですねん」

向かい合った鈴木がテーブルに両手を載せ、身を乗り出すようにして懇願する。

ゴリラとあだ名された鈴木は、ずんぐりした大きな体を夏用の茶のダブルの背広で包んでいるが、ノーネクタイで白いワイシャツの襟ボタンが外れている。

「それで、作戦は成功したんかいな」

芝崎が腕組みしたまま、鈴木の顔を眼鏡越しにじろりと見る。

「ばっちりですわ。副議長が、わしと虎との間の仲介に立ち、三人で一杯やった宴席で、このわしが、虎のことは委員会や本会議で今後一切取り上げないと誓ったので、虎は大野と縁を切り、議長選挙に自ら立候補することを、その場で男として約束したんですわ」

鈴木は得意顔で二度、三度とうなずいて見せる。

「それじゃあ、この六月県会でいよいよ議長交代じゃな」

芝崎の口元に笑みがこぼれる。

「十年近くも県会議長をしている大野が、議長の座から下りることは、社長はん自身も望んでおられたことでっしゃろ。だから、お宅の記者に、虎の件であれこれ書かれるのは困るし、そっとしておいてほしいのですわ。社長はん、頼みますわ」

鈴木が柄にもなく泣きを入れる。

「虎島議員で、議長選は間違いなく勝てるんじゃな」

芝崎が強い口調で念を押す。

「大野の側近や十人の民自党の新人議員らは、選挙で世話になっているので大野に従っていますが、中堅や古手は反大野ですし、野党会派の議員も議長交代を求める声が強いので、間違いなく勝てます。心配なのは虎本人のことで、何でも、信心している占い師に占ってもらったところ、議長にはなれるが、心労が重なって病気になるやもしれぬとのお告げで、元気をなくしとるんですわ」

鈴木はまゆをひそめる。

「縁起でもないお告げじゃな。でもな、鈴木君、一度限りの占いでは、それが本当かどうかは分からんじゃろ。だから、もう一度占ってもらうように虎島議員に勧めるのじゃ。その上で、事前に占い師に君らから手を回し、多少のカネでも握らせるこっちゃ。地獄の沙汰も何とやらで、望み通りにお告げをしてくれるんとちゃうか。そんなこと、君なら朝飯前のことじゃろ。はっはっは……」

芝崎は豪快に笑い飛ばし、岬の件ははぐらかした。


六月県会の開会三日後に控えた午後、大和日報の岬は、焦点の議長選挙の動向を探るために一階の民自党県議団の大部屋を訪れた。

県政記者になって早々の挨拶回りで、議長

の大野から《芝崎社長の回し者》と侮辱された岬には、多選議長としての驕りから出た非礼な言動が許せなかった。

議長をはじめとした役員改選が行われる六月県会をめぐる新聞報道で、《大野を議長の座から引き摺り下ろしてやる！》と、敵がい心に燃えていた。

灰色のズボンに草色のコール天の上着姿の岬が、玄関脇の扉を静かに開けて中へ入ると、間仕切りのない六十畳ほどの部屋で、民自党の議員らが二手に分かれて応接のソファに腰を下ろしていた。

大野が十選を目指す議長選をめぐって、大野派と反大野派のにらみ合いが既に始まっているのだ。

玄関に近い方には、大野議長の親衛隊ともいえる十人ほどの若手議員がひと塊りになり、応接のテーブルを囲むようにしてソファに座っていた。

奥のテーブルの周りには、大野議長の降板を求める古参や中堅議員ら十数人が陣取っている。甲高い話し声や笑い声もなく、隣同士が肩を寄せ、小声で話しこんでいる。

岬の足は、反大野派の議員らがいる奥の溜まりへ自然と向かう。口元を引き締め、緊張した表情で傍らを通り過ぎる岬に、大野派の若手議員が白々しい表情で一瞥をくれる。

彼らは、県政界の大ボスである大野がからかい半分に言った一言に腹を立て、血相を変えて議長室を出て行った岬のことを《生意気な若造め》と、内心快くは思っていなかった。

当の岬自身もそのことは分かっていた。

奥の溜まりの中心にでんと構えていたのは虎島だった。

淡いピンクのワイシャツに水色のネクタイを締め、茶のダブルの背広を着込んで、一人掛けの革張りのいすにそっくりかえっている。

岬は、ほおが垂れ、ブルドックのような虎島のてかてかした赤ら顔をちらっと見て、ぞっとした。

この大部屋で虎島と言い争いになり、怒り狂った虎島から湯呑みを投げつけられたのは、つい十日ほど前のことである。

虎島も険しい目付きで岬をきっと睨みつけたが、それも一瞬のことだった。

すぐに表情を和らげると、自分の方から親しげに岬に声を掛けてきた。

「日報の兄ちゃん、黙って突っ立っとらんと、まあ座れや」

分厚い唇の間から銀歯がのぞいている。

「……」

岬は、はい分かりましたと、溜まりの空いたソファに腰を下ろすわけにはいかなかった。

五十の半ばを過ぎた虎島からみれば、二十七歳の岬は若造だが、喧嘩のほとぼりも冷めぬのに、虎島が
「兄ちゃん、兄ちゃん」

と、なれなれしく言葉を掛けてきたことに唖然とした。

「兄ちゃん、こないだのことで怒ってんのやろ。あれは、わしが悪かった。許してや。だから、議長選挙の方は、あんばい頼むわ」

虎島は、岬に向かって屈託ない口調でそう言うと、にたりと笑った。出っ張った大きな口元から銀歯がのぞいた。

岬は、人を食ったような虎島の態度が薄気味悪く、逃げるようにして民自党の大部屋を出た。そして、その足で一階の奥まった場所にある鈴木の小部屋へ向った。

岬が鈴木の部屋の扉をノックしようとしたところ、扉があき、中から年配の県の職員らしき男性二人が出てきた。

入れ違いに岬が部屋の中へ入ると、鈴木と相部屋にしている保守系の無所属議員がソファに向かい合って座っていた。

「わしに何か?」

鈴木のぼってりした赤ら顔に、なぜか戸惑いの色が浮かんでいる。

「あの、虎島議員のことなんですが」

岬は声を落としてぽつりと言った。

「席外しましょうか」

鈴木より年若い相棒の議員が、ソファから腰を浮かし鈴木の顔色を窺う。

「いや、別に大した話ではないし、居てもらって結構や。のう、日報さん」

鈴木が表情を改め鷹揚《おうよう》に応える。

「僕も別に構いませんよ」

岬も相棒の議員に向かってうなずく。

「虎の件か」

鈴木が無愛想に言う。

「そうなんですよ。今しがた、民自党の部屋をのぞいたら、えらく上機嫌で、議長選挙のこと、あんばい頼むと、この僕になれなれしく言うのですよ。鈴木議員が追及した、県の公共工事を巡る黒いうわさのことを、当事者として一体どう思っているんですかねぇ」

岬が腹立たしそうにぶちまける。

「いよっ、虎が、あんたにそういうたか。あいつも、がきのようなところがあるし、議長になれるかもしれぬと思うと、嬉しくてたまらんのやろ」

鈴木が首をすくめ、口元に笑みを浮かべる。紺のダブルの背広姿で、白のワイシャツに柿色の幅広のネクタイを締めている。

「ええっ、虎島議員が議長に？」

岬はのけぞり、鳩が豆鉄砲を食ったように目を白黒させた。

「あんたには理解が出来んじゃろが、民自党のベテランや中堅の議員たちが、議長の座に居座り続ける大野の対抗馬として、大野の番犬である虎に立候補を要請したんや。虎は荒っぽいところがあるが、反面、人が良く、頼まれれば嫌とは言えぬ性分だし、議長のいすに座りたい気持ちもあるので、立候補を引き受けたのじゃ。わしが見るところ、民自党の議員団の半数近くが虎を支持しとるし、無所属のわしら、それに革新系の連中も、県議会に新風をということで、大野議長の多選を快くは思っていないので、虎の県会議長はほぼ決まったも同然じゃ」

鈴木は得心顔で説明する。

「それじゃあ、県の公共工事を巡る黒いうわさの件は、一体どうなるんですか」

大野が議長の座から引きずり降ろされることには、岬として拍手喝采で大歓迎である。

しかし、その後釜に黒いうわさの持ち主で

ある、暴力的な虎島が就任することは到底受け入れがたかった。

「それじゃあ、本会議で知事に質すことはないのですか」

「あの、例の件やな。そのことなら、今しがた出て行った土木の課長の報告では、前年度の県の公共工事に関して調査したが、現職の県会議員や暴力団が介在して談合が行われた事実は認められなかったとのことや」

「単なるうわさ話を本会議場で取り上げ、知事さんに質すことは、失礼というもんじゃろ」

鈴木は事もなげに応える。

鈴木の素っ気ない返事に、岬は肩を落としすごすごと部屋を出た。

「鈴木議員が委員会で追及した黒いうわさは、根も葉もない、単なるうわさに過ぎなかったということですか」

憤然として岬は語気を荒げる。

「まあ、そういうこっちゃな」

鈴木はぞんざいな口のきき方だ。

これ以上は何も聞くなと言わんばかりだが、納得のいかぬ岬は詰め寄る。

大逆転

初日を迎えた県会は、午後一時からの本会議で理事者側の提出案件に関して木村知事からの提案説明が行われた後、散会した。

議長選へ手ぐすねを引く民自党議員は、大野の再選を目差す議長派、虎島を対抗馬として擁立する反議長派が袂を連ね、県庁から程近いアジトの旅館へそれぞれ引き揚げた。

六月県会は上程された議案の審議より、議長ポストを焦点とした議会役員の改選議会とあって、当局から提出された案件も前年度の決算報告と行政委員の人事案件に関するものだけだった。

このため、木村を向こうに回しての本会議場での論戦は盛り上がらず、決算特別委員会での審議も精彩を欠いた。

新聞記事になるような当局への手厳しい追及や批判もなく、六月県会は五日目に会期末となり、焦点の議長選挙へと移った。

議長選挙の帰趨《きすう》は、三十二人を擁した民自党議員団内部の動向に一にかかっていた。

仮に、議長派と反議長派が十六人ずつと伯仲していれば、反大野である鈴木ら保守系無所属の三人の後押しで、反議長派の推す虎島議長の誕生となった。

なぜならば、革新系野党議員は民自党議員団とは一線を画し、正副議長選挙に際しては常に独自候補を擁立していたし、大野議長の多選を快く思っていなかった。

鈴木の予見通りに、知事の木村を背後から支える大野が議長の座を追われることは、大和日報の芝崎にとって先ずは目出度いことだが、それは、希望的観測に過ぎなかった。

実際の所は、議長派の十八人に対して反議長派は十四人で、鈴木らが加勢しても僅かに及ばなかった。

そのことは、初日に民自党議員団の大部屋をのぞいた岬をはじめ県政記者たちが確認していた。

本会議を前にして、議長の大野と反議長派の旗頭である副議長の鬼貫は、議会棟二階の正副議長室で開会のベルが鳴るのを固唾《かたず》を呑んで待っていた。

階下の民自党県議団の大部屋では、三十人の議員が木製の衝立を中に挟んで、議長派と反議長派に分かれて待機していた。

大部屋をのぞいた岬が目で頭数を数えると、表玄関に近い広間に、初当選した新人議員を中心に議長派の十七人が陣取っていた。

奥の反議長派は、議長候補の虎島を囲んで古参、中堅の同じ顔ぶれの十三人が雑談に興じていた。

民自党議員団の勢力分野に変動が見られないまま会期末を迎えたとあって、当日の朝刊で大和日報が〈県会議長は大野氏の再選濃厚〉と凸版見出しを付け一面トップで報道した。全国紙も県版で大野再選の観測記事を大きく掲載した。

県会は最終日の午後一時から本会議を再開し、決算委員会に付託していた決算報告を、委員長の報告通りに承認した後、正副議長選挙実施のために休憩に入った。

大野と鬼貫から議長、副議長の辞職願が提出されれば、事務局で受理して、直ちに議場で選挙が行われる手はずになっていた。

用心深い大野は、陣営に詰めた議員個々の動向を自らチェックし、勝利を確かなものとして見極めるまでは、決して辞職願を提出しなかった。

六月県会での議長選に臨むのは今年で十回目だが、議長に就任して以来、すんなりと辞職願を出したことは一度も無かった。

副議長からは辞職願が早々に提出されているのに、大野が出さないために、本会議の再開が夜間に及ぶことも一再ならずあった。

議長の座を固守する大野は、情勢が不利と分かれば辞職願の提出を留保して、そのまま議長として居座る腹積もりだった。

正副議長のポストは一年交代というルールは、議会内の申し合わせによる〈紳士協定〉で、法的には、余すところ二年足らずとなった任期中は議長の職に留まることが出来たからだ。

議場から議長室へ引き揚げてきた大野は、例年通り陣営の議員一人一人を部屋へ招き入れ、支援に感謝しながら念入りに意思を確認した。

彼の続投を快く思っていない大和日報の岬が、大野の再選濃厚と大きく報道したことが、何となく意図的で、陣営の強固な結束に緩みを生じることを危惧したからだ。

だが、それは取り越し苦労だった。

総大将の己自身を含め、議長派十八人の意思は揺るぎないもので、再選は不動のものだった。

大野は議会事務局の局長を部屋に呼び、辞職願を自ら手渡した。副議長の鬼貫からは早々と提出されていた。

程なく本会議の再開を告げるベルが議会棟に鳴り響く。

大野の十選が掛かった議長選挙のいよいよ幕開けだ。

衝立を隔てて議長派、反議長派が五日間に渡って対峙してきた民自党議員団の大部屋に緊張が走る。

そして、ベルが鳴り終わるや、部屋を揺るがす大騒動が勃発した。

議長派の田中がソファから立ち上がると、脱いでいた紺の背広の上着を小脇に抱え、脱兎のごとく衝立の間をすり抜け、反議長派の陣営へ馳せ参んじたのだ。

思ってもいなかった田中の寝返りによって、議長派は十八人から十七人に減り、逆に反議長派は十五人に増え、鈴木ら無所属の三人を加えると十八人となった。

議長選挙は土壇場に来て形勢逆転だ。

掌中にしていた大野の十選は瞬時にして消え去り、虎島議長の誕生が現実のものとなった。

議長派の溜まりは田中への怒声が渦巻き、反議長派は拍手喝采で彼を迎えた。

つい先刻まで敵方だった議員たちから、歓喜の握手攻めにあった田中は、虎島とは同期で運送業を営んでいた。

田中は、いがぐり頭で背丈は低いが、風貌がどことなく虎島に似通っていた。

そこで、議長派の仲間内では、虎島が《大野一家の大政》と呼ばれ、田中の方は《大野一家の小政》と称されていた。

田中の寝返りに議長派は慌てふためき、若手議員数人が血相を変えて二階へ駆け上がり、議長室にいた大野に、階下で勃発した一大事を告げた。

本会議再開のベルに促され、勇躍として議場へ向おうとしていた大野は真っ青になり、執務机に引き返すと、くず折れるようにいすに座り込んだ。

最新の気配りと、博徒として命がけで修羅場を乗り越えて来た胆力で、県政界の舞台裏を長年取り仕切ってきた実力者の威厳と貫録は微塵もなかった。

注進《ちゅうしん》に及んだ若手議員らは見るに忍びず、ただただ呆然としていた。

議長室と隣り合った副議長室では、鬼貫がにんまりと独りほくそ笑んでいた。

虎島は、己の器量と才覚では望むべくもなかった県会議長のいすを手に入れ、得意満面だった。

議長就任の弁を述べるために、演壇中央に設えたマイクの前に立つと、どうだと言わんばかりに胸を張り、議場の議員たちを眺め渡した。

議場の最後方の隅っこでは、虎島に議長の座を奪われた大野がほおを紅潮させ、うつむき加減に議席に腰を沈めていた。

《一門の集まりでは、下足番をしていた虎

の奴が……》

飼い犬に手をかまれ、大野の腸は煮えくり返っていた。

虎島は、事務局が壇上に用意していた議長就任の挨拶状には目もくれず、寂の利いた胴《どう》間声《まごえ》で自らの思いを述べた。

「不肖、虎島清三、無宿渡世の身から発して、本日ただ今、奈良県議会議長の職を仰せつかりました。まったく以って、光栄至極であります。これもひとえに、議員諸氏のご支援の賜物であります。心より感謝と御礼を申し上げます」

粗野で、飾り気のない虎島らしい、意表に出た議長就任挨拶に議場から笑いが漏れた。

演壇の傍らにある理事者側の席で、硬い表情で耳を傾けていた木村の口元に白い歯がこぼれた。

六月県会が閉会してから程なく、芝崎は慰労会と称して鈴木を奈良市内の小料理屋に招き、宵の内から酒を酌み交わしていた。

大野打倒で手を握り、親しくしていた鬼貫の姿はなかった。

芝崎に内緒で、鬼貫が石黒を大和新聞の客員論説委員として招へいしたことで疎遠になっていた。

「それにしても、田中議員は、猜疑心の塊《かたまり》みたいな大野の目を、よくも最後まで欺き通せたもんやなあ」

背広の上着を脱ぎ、白の長袖のワイシャツ姿の芝崎が、盃を口元に寄せほとほと感心したと言わんばかりだ。

「ほんまでんなあ。わしらも、大野一家の小政といわれた田中議員が、大政の虎に続いて、わしらの側に寝返るとは、思うてもいませんでしたわ。寝首をかかれた大野もそうでっしゃろうが、わしらも皆、びっくり仰天ですわ。はっはっは……」

鈴木がワイシャツの襟元を広げ、大口を開けて笑い飛ばす。

「僕が思うに、あれは、田中議員が、自分独りの考えでやったのではないのと違うか」

芝崎は事の真相を知りたくて、やんわりと探りを入れた。

「仰る通りですわ。仕組んだのは鬼貫副議長ですわ。虎と同期で、大野の側近の田中議員なら、大野や仲間内の議員から疑われることはあるまいと、副議長がひそかに口説き落とし、議長派はもちろんのこと、反議長派の我々の陣営にも悟られぬようにして、大野が辞職願を提出し、本会議のベルが鳴るまで、〈隠し球〉として議長派に留まってもらっとったんですわ」

鈴木は得意顔で手の内を明かした。

「そうか、仕掛け人は副議長か……」

芝崎は得心した。

腹黒く、悪賢い鬼貫なら、やりそうなことだと思った。

同時に、目的達成のためには、気心の知れた鈴木まで平然と欺く鬼貫が、木村県政の打倒を目指す芝崎にとって、油断のならない不気味な存在となった。

心が逸《はや》るも

昭和四十八年の元日、奈良県の人口は百万人の大台に達した――。

保守的で、進取の気風に乏しい県民性を背景にして、二十年以上も長期に及んで県政のかじ取りをする知事の木村は、大阪のベッドタウンとして人口が著しく急増するなかで、地域の生活環境や緑豊かな自然の保全のために下水道の整備や乱開発の防止に力を注いできた。

一方で、大和日報の社長である芝崎がかねてから実現を強く望んでいる阪奈和合併には、産業の振興や経済の発展、流通の面などから地元経済界にも根強い待望論があるにもかかわらず、そっぽを向いていた。

芝崎は、大和日報の紙面やオーナーとして資金的に面倒を見ている月刊誌〈風見鶏〉で、己の意に染まぬ木村県政打倒の狼煙《のろし》を上げんと、虎視眈々と機会を窺ってきた。

しかし、木村の生来の生真面目さ、さらには〈入るを量《はか》りて出《いず》るを為す〉をモットーとした、いかにも官僚出身の知事らしい手堅い政治手腕を反映してか、火種《ひだね》となる行政上の失態や県政の屋台骨を揺るがすような大きな事件もないままに新しい年を迎えた。

芝崎がひそかに期待している、木村の進退に関わるような政治的、行政的スキャンダルはなかったが、日本の古代史の舞台である飛鳥の里では、国民の間に一大センセーションを巻き起こした歴史的な発見があった。

前年の春、明日香村の高松塚古墳から星座や天界の四方をつかさどる神々の化身とされる青竜、白虎などを描いた極彩色の壁画が見つかったのだ。

壁画はすぐに国宝となり、竹やぶに覆われた小さな古墳は国の特別史跡に指定された。以来、飛鳥の里には古代史ブームに誘われて全国各地から大勢の人々が押し寄せ、空前の活気と賑わいをみせていた。

壁画の発見は、地元紙の大和日報にとって世紀のビッグニュースになるはずだったが、残念ながらそうはならなかった。

古文化財の取材を担当する記者が《盗掘されていて大した成果もないだろう》と勝手に思い込み、発掘現場へ一度も足を運ばなかったために、事前取材を怠たり著しく後れを取った。

全国紙がいずれも一面トップで大々的に報道したのに対して、大和日報は、神武天皇が即位したとされる橿原神宮があることから〈建国の地〉と呼ばれている橿原市の市長選挙で、野党の革新系の候補者が初当選したことが一面トップを飾り、壁画発見の記事は著しく精彩を欠き、左の片隅に追いやられた。

また、大和日報の本社内に支局を構えていた通信社も、飛鳥地方の古墳の発掘記事に関しては大和日報に頼っていたので、記事の配信を受けている全国の地方紙から散々お叱りを受けた。

大和日報は、奈良という歴史的な土地柄故に文化財報道に力を入れ、県民の期待を集めていただけに、壁画発見に関する報道と記事の扱いに対して、県民読者から電話やはがきで厳しい叱声がばんばん会社へ寄せられた。

社内では、担当の記者や編集責任者の処分を求める声が労働組合などから当然の如く沸き起こった。

ところが、社長の芝崎は一向に意に介さなかったし、関係者の処分も行わなかった。

芝崎にしてみれば、壁画発見という遠い昔の夢物語よりも、地域住民の暮らしへの影響を考えれば、保守色の強かった〈建国の地〉に、県下で初の革新市長が誕生したドラマチックな現実の方が大きく報道されて当然だった。

それと同様に、彼自身にとっては、奈良県の将来的な発展のために、如何にして木村県政を倒し、阪奈和合併を実現させるかが切実な課題であり、関心事だった。

芝崎は阪奈和が合併した暁には、吉野川の豊富な水資源を大阪側にも提供し、その収益を過疎化に悩む吉野の振興に役立てることを常々口にしていた。

また、大阪に後押しをしてもらい、古都奈良を日本の新しい首都とする運動を提唱することもひそかに目論んでいた。

前年の秋に奈良県内の有力者だけではなく、大阪の府知事や商工会議所会頭にも発起人をお願いして、大和日報が運営主体となって〈阪奈政経懇話会〉を発足させたのは、そのための布石だった
古い時代に都が置かれた、相互の歴史的因縁と地の利を踏まえた奈良への首都移転構想

だが、そんな芝崎の前に大きな壁となって立ちはだかっているのが、阪奈和合併を《奈良県に害あって利なし》と、頑なに反対し続けている知事の木村だった。

その木村県政は六期目の任期の半ばを迎え、保守系知事としては全国初となる、七期連続当選が掛かった次期知事選まで余すところ二年となった。

昨秋の県会本会議では、取り巻きの議員が早々と七選出馬を促したが、木村は「次の選挙に関しては、ただ今のところ考えるべきではないと思っております。また、考えてもいませんせん」と答弁し、その胸中を公式には明らかにしなかった。

だが、芝崎の元には、木村が七選出馬の意向を固めているとの声がしきりに伝えられていた。

これに対して、芝崎が木村の対抗馬として担ぎ出そうとしている奈良市長の中沢の方は、本人自身も次期知事選に意欲満々だったが、身動きが取れない状況に置かれていた。

知事選出馬で奈良市長の職を辞するに際して、いわば市民への置き土産として新しい市庁舎の建設を華々しくぶち上げたものの、その財源に見込んだ奈良阪の山林開発が、県への許可を求めて申請してから五年を経た今も棚上げされたままになっていて、新庁舎の建設は暗礁に乗り上げていたのだ。

奈良市長として三期目を迎えている中沢は、仏都として栄えた平城京の昔に熱い思いを馳せながら、自らが進めている新平城京の町づくり運動を、日本民族の心のふる里である奈良の地に広めたいと思っていた。

人の道が栄え、思いやりのある心豊かな古都にしたい――。

中沢の心はいやが上にも知事選出馬に逸《はや》るのだが、哀しいかな！　木村に首根っこを押さえられていた。

中沢本人はもちろんのこと、芝崎自身も切《せっ》歯扼腕《しやくわん》していたが、木村の七選阻止を目論む芝崎にとって、不利な状況はそればかりではなかった。

芝崎が幾度か酒を酌み交わし、木村県政の打倒をひそかに語り合い、木村を支える県会議長の大野の追い落としを画策した、当時は副議長だった鬼貫が心変わりし、今では木村の強力な後ろ盾として、木村の七選を後押しするなど立場を全く異にしていたのだ。


鬼貫は、昨年六月の県会で自分の傀儡《かいらい》であった虎島と交代して念願の議長に就任した後、虎島に議長の座を追われた大野が、会長として踏みとどまっていた民自党県連や経済団体の会長ポストまで次々と我がものとした。

芝崎が懇意にしている県会の一匹狼の鈴木の話では、鬼貫は今では知事の木村にべったりとすり寄り、その袖の下に隠れて、自らがオーナーである建設会社の経営に絡んで甘い汁を吸っているという。

鬼貫は芝崎に内緒で、大和日報を去った石黒を自分の息が掛かった大和新聞に客員論説委員として招へいしたことから、芝崎は鬼貫のことを苦々しく思っていただけに、県政界の実力者にのし上がった彼の存在が腹立たしくてしょうがなかった。

一方、鬼貫によって復権への足場を失った大野は、県会にあまり姿を見せなかった。年齢も既に七十をすぎていることから、地元では今期限りの引退がささやかれていた。

波乱の一石

八方ふさがりの時勢に、芝崎は新年を祝うめでたい気分どころか、歯ぎしりする思いだったが、風雲は意外なところから、忽然と巻き起こった。

有ろうことか、木村のご意見番として大和日報を辞めた後も信頼の厚かった石黒が、客員論説委員として籍を置く大和新聞の元日付の社説で、木村に追従《ついしょう》し、飼い犬同然となった最大会派の民自党議員団を皮肉たっぷりに批判した上で、周囲の甘言に惑わされ、公正無私な県政運営が疎かにされてはならぬと、保守系の知事としては全国初の七選に心を動かす知事の木村を諫めたのだ。

そして、石黒は二千字近くに及ぶ社説を閉じるに際して、新聞記者を天職として健筆をふるってきた自身も、元日付の社説を最後に筆を折ることを県民に宣言した。

正月の五日、初出社して社長室で大和新聞の元日号を手にした芝崎は、石黒の〈七選思うべからず〉と題した社説に興奮し、感動に打ち震えた。

〈記者生涯ペン一筋〉を座右の銘として、戦後間もない時期から記者活動に入った石黒の、絶筆となった長文の社説「七選思うべからず」を読者のために拾い読みしてみよう。

「知事というものは、商売人の家に例をとるならば、そこの番頭である。われわれ議員は主人である。何となれば、われわれ議員は県民の代弁者であるからだ。知事がこういうことをしたいと思っても、議員であるわれわれの承認が無くしては出来ないのだ。

いささか乱暴な例え方だが、木村知事が三期、四期目の務めをしていた時分は、本会議場で当の知事を目の前にして、上記の如く大言壮語してはばからなかった県会議員が、与党の民自党議員団の中には少なからずいた。

だが、今日の県議会に左様な豪傑は見当たらない。人格円満の賢い、優等生議員ばかりなのだろう。県民多数に支持されて六選を果たした木村知事に敬意を表し、県の行政に自らの思いはあっても、議場での発言を控えているのかもしれぬ。いざ質問に立っても、追及の矛先が鈍るのかもしれぬ。

大和は〈神ながら言挙《ことあ》げせぬ国〉と万葉の昔から言われ、言挙げせぬことが美風とされてきたが、県民の代弁者として、民主主義の最前線に立つ議会議員までが〈言挙げせぬ議員〉となり、理事者側に対して唯々諾々として従っているさまは、実に嘆かわしい限りである」

社説の前半は、県の行政と議会を一体化した商家と見なし、主《あるじ》は議員である自分たちで、知事は番頭であると傲然と見下していた、与党であるかつての民自党議員たちが、今では手の平を返したように、六期目を迎えた知事にへいこらしていると、皮肉たっぷりにこきおろしている。

後半は、木村が官界を去り、初めて奈良県知事選に立候補した当時の様子や県民と共に歩んで来た木村県政を感慨深げにこう書き起こしている。

「木村知事が高級官僚の職を辞し、知事選に初めて立候補された時、筆者は大手紙の奈良駐在の記者だった。新人として現職に挑んだ木村知事は、中古の小型トラックの荷台に立ち、荷台の横に渡した樫の棒切れにつかまりながら、手にしたマイクで《郷土の皆さまのお役に立ちたいと思って、奈良へ帰って参りました。どうか、県人の木村を知事にして下さい》と声をからして懸命に訴え、道行く人に頭を下げていた。筆者は自分と同じように、大和平野の農家に生まれ育った知事に陰ながら好意を抱いたのだが、木村知事は県民の期待に背かなかった。初当選を果たした木村知事は、秘書一人を伴って県下の市町村をくまなく行脚して住民と懇談するなど、真摯《しんし》に県民と向き合い、その要望実現に心を砕いてきた。現在、他府県に先駆けて建設が進められている大和川流域の広域下水道事業は、流域に住む人々の《肥え桶を担ぎ、夜陰に紛れて、し尿を近くの川へ捨てている。何とかしてほしい》という懇談会での切実な声に応えたものである。木村知事が六期連続当選を果たされたのは、県民と共にある木村県政に対する、県民の揺るぎない信頼の証《あかし》にほかならない」

有力なブレーンの一人である石黒は、県民の一人として、六期、二十余年に及ぶ木村県政に惜しみない賞讃の言葉を送っている。

そして、その上で、親交の深い木村自身に向かって、七選を声高に叫ぶ取り巻きの議員らの甘言に耳を傾けることなく、高齢の身を顧みて、自らが県政運営の柱として推進してきた緑豊かで、歴史と文化を育む郷土造りの集大成を図るべきであると、以下の如く述べている。

「木村知事も今年で古希を迎えることになった。お隣り中国の古の詩人は〈人生七十古来稀なり〉と漢詩の中で詠っている。医学の進歩や生活の向上などによって高齢化が進み、今日では齢《よわい》七十の人生も珍しくはなくなったが、有為転変の世にあって、定め無きは人の命である。七選の夢を追うよりも、残された二年の任期で、二十年余りの長きに渡って、県勢の発展と県民の暮らしの向上に努力し、汗を流してきた木村県政の集大成を図られることこそ肝要ではなかろうか。輝かしい業績を大切にし、後顧の憂いを残さぬために――」

石黒は、長年の知己である知事の木村が、保守系知事としては前人未到の七選に心を惑わし、晩節を汚すことを憂慮して、大和新聞の社説で身を切るような思いで苦言を呈し、六期限りでの引退を暗に促したのだ。

泰然自若《たいぜんじじゃく》として七選を窺《うかが》う知事の木村にしてみれば、まさに足元から鳥が立つような思いだったに違いない。

また、当の木村ばかりでなく、七選の御輿《みこし》を担ごうとしている鬼貫ら民自党県議団、商工や農業など各種団体の関係者にも大きな衝撃を与えた。

引退、どこ吹く風

芝崎は、正月早々に経済団体が主催する新年名刺交歓会に黒い略礼服姿で勇躍として臨んだ。

会場となった奈良市内のホテルの大広間の正面には日の丸が掲げられ、演台を目の前にした最前列中央のメーンテーブルには主賓として招かれた木村や県会議長で民自党県連会長の鬼貫、それに参議院選挙を来年の夏に控えて、県民の間で進退が注目されている民自党の参議院議員の谷本など、県選出の国会議員らのお歴々が顔を揃えている。

谷本は木村と同じく高級官僚の出身で、参

議院議員として現在四期目だが、県政界の盟主である木村とは反りが合わなかった。

来年の夏に改選期を迎えるが、木村より少し年長で、五期連続当選を果たせば、三十年のも長きに渡って国会議員の地位にあり、六年に及ぶ任期を全うすれば八十近い高齢に達するとあって、党関係者から引退を求める声が上がっていた。

また、十年ほど前に妻に先立たれてからは東京での議員宿舎暮らしが多く、奈良へは選挙が近くなると頻繁に帰参するといった、日ごろの地元との疎遠な関係も引退ムードを後押ししていた。

最前列にはメーンテーブルを挟んで、左右に二つずつテーブルが置かれ、左に隣り合ったテーブルは、地元市長の中沢をはじめとした近隣の首長らが居並んでいた。芝崎は、知事や鬼貫らのすぐ後ろで全国紙の支局長らと一緒にテーブルを囲んでいた。

地元の政財界の有力者たちが一堂に会しての、年初のめでたい懇親パティーだが、会場には何となく重苦しい雰囲気が漂っていた。

その因って来たるところが、石黒の年頭の社説にあることは、会場の誰もが承知していた。

主催者の挨拶に続いて、居並ぶ来賓を代表して知事の木村が例年通り祝辞に立った。

グレーの背広姿で演台に立った木村は、マイクを通して型通りに新年のお祝いを述べた後、石黒の社説を意識してこう続けた。

「私も今年で古希を迎えますが、お陰さまで健康で、体と心は五十代といったら少々言い過ぎでしょうが、まあまあ還暦を過ぎたぐらいかなと、自分自身では思っているのであります。今年は丑年《うしどし》ですが、牛の歩みに倣《なら》って、県民の皆さんのためにスロー・アンド・ステディ〈ｓｌｏｗ・ａｎｄ・ｓｔｅａｄｙ、ゆっくりと着実に〉に県政の運営を進めて参りたいと思っていますので、従前と変わらぬご支援とご協力をよろしくお願いします」

片言の英語もまじえて、余裕しゃくしゃくといった木村の歯切れのよいスピーチだった。

高齢を懸念し、残り二年となった六期目の任期満了を以って引退を促す盟友、石黒の助言もどこ吹く風といった様子だった。

固唾を呑んで見守っていた出席者たちは、そんな木村を目の当たりにして安堵したのか、壇上から降りる彼に盛大な拍手を送った。

芝崎は正面から檀上の木村の顔を注意深く眺めていたが、彼の目には、口元に笑みをたたえ悠揚《ゆうよう》迫らぬ木村の表情が、逆に怒りに震える胸中を映し出しているかのように思えた。

会場を見回す眼鏡の奥の小さな瞳はぎらぎらと輝き、出席者に向かって《わしを年寄り扱いしてくれるな！》と吠えていた。

木村は短気で、喜怒哀楽を表に出しやすい性分だった。

そんな木村のことを〈瞬間湯沸かし器〉と、県会議員や県庁の幹部らは陰で呼んでいた。

議場での議員の意に染まない質問には、わざと答弁をすっぽかしたし、県政記者クラブの記者との会見でも同様に振る舞った。

記者会見は、東大寺の大仏殿や若草山を間近に望む県庁五階の知事室で月に一度開催されたが、記者から痛いところを突かれると、そっぽを向いて応えないことも珍しくなかった。

決裁を仰ぐ県庁の幹部たちは、お付きの秘書と連絡を取り、木村が機嫌の好い時を見計らい、恐る恐る知事室へ足を運んだ。

「社長はん、そろっと運が向いて来はったんとちゃいますか」

乾杯が済んで懇親会に移るやいなや、芝崎のテーブルにやって来て声を掛けたきたのは鈴木だ。

紺の背広姿で、飲みさしのビールの入ったグラスを右手に持ち、にやにやしている。

「どんな運が向いて来たと言うんや」

芝崎が上目づかいに、鈴木のぽってりとした赤ら顔を見る。

「決まってまっしゃん。知事さんに引導を渡しはった、石黒論説主幹の年頭の社説のことですわ」

鈴木が肩をすりよせ、芝崎の耳元でささやく。

「ああ、石黒君の社説なあ」

芝崎は木村のいるメーンテーブルの方を横目で見ながら、わざと惚けた風に小声で相槌を打つ。

鈴木がしたり顔で応える。

「ええ、社長はん！　七選思うべからずという題からして、胸にぐさりと突き刺さるような、凄い社説でんなあ」

鈴木は、ほとほと感じ入ったと言わんばかりの物言いだ。

「鈴木君、感心してばかりじゃあ、おられんのとちゃうか？」

芝崎らしからぬ、奥歯に物が挟まったような言い方だ。

「それはまた、どういうこってっか？」

鈴木が浮かぬ顔をする。

「石黒君はな、知事さんの今後について助言しとるだけやないで。県会議員の君らに対しても、もっとしっかりせえと発破《はっぱ》を掛けとるんやで……」

芝崎は声を尖《とが》らす。

「社長はん、そのことなら十分分かっとります」

鈴木は下うつむき、神妙に頷く。

「分かっとるならいいが、石黒君の社説じゃないが、ひと昔前の県会には、気骨のある侍が多かったなあ。大所高所《たいしょこうしょ》から知事に論戦を挑んでいたが、昨今は県会の新聞記事を読んでもちっとも面白うないし、県会議員の先生方は、知事さんのご機嫌取りに熱心になっているんやないか。県会の暴れん坊として新聞をにぎわしてくれていた君も、昨今はとんと音無しの構えだし…ひょっとして、誰かさんに似て、牙《きば》を抜かれたんじゃないか」

芝崎は涼しい顔で、知事の木村や県会議長の鬼貫が陣取ったメーンテーブルに向って言い放った。

「こりゃあまた、石黒論説主幹よりも手厳しい、社長はんの毒舌でんなあ。いや、参った参った」

誰はばかることのない、芝崎の正面切っての物言いに、豪気な鈴木も肩をすくめて退散した。

例年なら、出席者が我先にと新年の挨拶に押し掛け、木村の周りに順番待ちの人垣が出来るほどだが、今年はぽつりぽつりと訪れるぐらいだ。

しかも、訪れた参会者は、テーブルの前で首を少し傾げ、何か考え事をしているような姿で立っている木村に向かって、丁重に頭を下げて挨拶を終えると、会話を交わすことも無く去って行く。

知事と同じテーブルを囲む鬼貫の方は、親しく挨拶に訪れる人はなかった。

新年の華やいだ雰囲気はなく、ビールのグラスを手に持ち、取り巻きの議員三人と何やらひそひそと話し込んでいる。

今や大野に代わって、県会のドンとして知事の木村を支える県政界の実力者だが、晴れがましさどころか、何とも冴えない表情だ。

それもこれも、すべては大和新聞に掲載された石黒の社説のせいだった。

社説を掲載した大和新聞の、陰のオーナーが鬼貫であることは、パーティーに出席した人々には周知の事実だった。

出席者からみれば、いわば面従腹背で、木村の七選を背後から盛り立てる県会議長の鬼貫が、支配下にある大和新聞で逆に足を引っ張ったのだ。

芝崎は胸のすくような思いだった。

積りに積もった心の憂さを、一遍《いっぺん》に吹き飛

ばしたような、実に爽快な気分だった。

それと同時に芝崎は、鬼貫に向かって面罵《めんば》したい衝動に駆られた。

経営方針を巡る対立から袂を分かったものの、大和日報の再建のために苦難の道を手を携えて長年歩いて来た石黒への友情から出たものだった。

《木村知事に取り入りたいがために、大和日報を辞めた石黒君を、この俺に内緒で大和新聞に招き入れたのやろうが、それが事実ならば、石黒君に対して失礼千万な話だよ。石黒君はな、この僕と違って、公正無私の筋金入りの新聞人なんや。己の権力と欲望しか考えが及ばない、君らみたいな県会議員の言いなりになるはずがないやないか！　己を以ってな、人を測ってはならんよ》

芝崎の熱い胸の奥底には、知事の木村と同じように大和の自然と歴史を愛し、そのことを視座に据えて、地域の発展と人々の生活の向上のために、新聞人としてペンを振るい続けてきた石黒の名誉を守りたいという、一途な思いがあった。

芝崎はきっと表情を引き締めると、目と鼻の先にあるメーンテーブルへ向っておもむろに歩き始めた。

だが、当の鬼貫ばかりか、知事の木村の姿もなかった。

年明け早々で公務が立て込んでいるのか、それとも居心地があまり良くはないのか、共に早々と退散したようだ。

両者に代わって、木村同様に次の改選時での進退が県民から注目されている谷本の周りに人だかりができていた。

　拍子抜けした芝崎は、隣のテーブルに目をやった。

　阪奈和合併を説いてやまぬ芝崎にとって、唯一人の盟友ともいえる奈良市長の中沢の姿がそこにあった。

　時には人を威圧するようなギョロリとした大きな目元に笑みを浮かべ、でっぷりとした巨体を揺らしながら、上機嫌で訪れる参会者に応対している。

　中沢のトレードマークである、ごつごつとしたいがぐり頭は、戦地から帰還した際に、亡き戦友たちへの鎮魂の思いから生涯頭髪を伸ばさないことを誓い、己自身に科したものだった。

　また、戦友の霊を供養する朝の読経も欠かしたことはなかったし、上京した折には、戦友たちが祀られている靖国神社に参拝した。

　芝崎は、谷本ら国会議員だけとなったメーンテーブルを素通りして中沢のテーブルへ足を運んだ。

「やあやあ、芝崎社長さん」

　中沢が目ざとく見つけ、芝崎に軽く会釈する。

「市長さん、おめでとうございます」

　芝崎が満面に笑みを浮かべながら歩み寄る。芝崎に遠慮してか、中沢の周りにいた数人が静かに去る。

「今年も、どうかよろしくお願いしますよ」

　中沢がゆったりとした口調で応える。

　太いまゆの下のどんぐり眼《まなこ》が輝いている。

「今年は何としても、お互いにいい年であってほしいですなあ」

芝崎は、中沢の顔色を窺いながら言葉に力を込める。

「いい年になりますよ。社長さんにとっても、そして私にとってもきっといい年になりますよ」

中沢は太鼓腹を前に迫り出し、大きくうなずきながら自信たっぷりに言う。

「空に浮かんだ雲を見て、地震を予知なされる市長さんがそう言うてくれると、本当にそうなりそうな気がしますわ。はっはは……」

芝崎は顔をくしゃくしゃにして笑いこける。

「本当にいい年になるんですよ、社長さん！去年の秋に日中の国交回復がなされて、中国政府も奈良市と西安市の友好都市締結に乗り気になっているということなんで、いずれ上京して、外務大臣に国の後押しをお願いすることにしてるんですよ。その節には、社長さんとこの岬記者にも同行してほしいと思うとりますんで、どうかよろしくお願いします」

中沢は、真剣な表情で話し終えると芝崎に軽く頭を下げた。

「市長さん、同行するのは、奈良市を担当している記者でなく、県政担当の岬君ですか」

芝崎は怪訝《けげん》そうに問い返した。

「市役所の記者クラブには全国紙の記者もおるので、お宅の記者だけに同行をお願いするわけにもいかんのですよ。だから、記者クラブとは関係なしに、中沢が個人的に、岬記者の同行を社長さんにお願いしとるんです」

知事選へ意欲を燃やす中沢は、奈良市を外れて県政担当になって以来疎遠になっている大和日報の岬を同行して旧交を温め、奈良阪開発の許可を渋る県当局の内情や、知事の木村の思惑などについて率直な意見や考えを聴いてみたかった。

「分かりました。会社へ戻ったら、編集局長にそう言うときますんで、上京する日取りが決まったら知らせて下さい」

芝崎はそう応えた後、中沢の耳元で、声をひそめてこう続けた。

「ところで、例の件はどんな具合でっか」

「例の件とは、奈良阪のことですか?」

中沢は芝崎の方へ少し首を傾げながら言った。

「そうです」

芝崎が小声で応える。

「それがなあ、社長さん、県会の偉いさんがなあ、仲立ちするので知事さんに会うて、市長のわしからお願いしてみたらと言うてきとるんですわ」

大きな口元を歪め、中沢は不機嫌そうな顔をする。

途端に芝崎が気色ばみ、強い口調で問い返す

「県会の偉いさんとは、鬼貫議長のことでっか」

「そうです。知事さんに会わせてやるから、奈良阪開発を許可してくれるようにと、市長のわしから直接お願いしたらと言うんですよ。おかしなことを言うもんですなあ。奈良阪開発は、法律や県の条例に反するよう

なもんではないし、市長のわしが、知事さんに頭を下げなけりゃあならんことは何一つないのですから…　社長さん、そう思いませんか！」

中沢は仏頂面で忌々《いまいま》しそうに言う。

「市長さんの言うとおりでんが！　県会の偉いさんが、親切ごかしに言うてきたのかもしれんが、市長さんや市民をばかにした話ですわ。そんな話は蹴飛ばしなはれ！」

芝崎も鬼貫の名を耳にし、ついつい伝法な口調となった。

「ご懸念には及びませぬ。丁重にお断りしました。それでは、公務が控えていますので、この辺で引き揚げさせて頂きます。岬記者の件はくれぐれもよろしくお願いしときます」

中沢は芝崎に向かって軽く頭を下げ、テーブルを離れた。芝崎も程なく会場を後にした。

芝崎が帰社すると、中年の女性秘書から参議院議員の谷本が新年の挨拶に訪れるとの報告があった。

中肉中背の谷本は、芝崎にとって旧制中学の大先輩だった。

しかも、知事の木村と同じ東京帝大出の秀才とあって、誰彼の遠慮も無い芝崎にしても、何となく煙たい存在だった。

芝崎が二階の社長室の机に腰掛け、秘書が湯呑みに入れてくれたお茶を飲んでいると、階下の受付から《谷本が来社した》との連絡が入った。

同時に社長室へ通じる階段に軽快な足音が

し、谷本がドアを開けるなり芝崎に声を掛けた。

「やあやあ、おめでとう」

年に似合わぬ明るく張りのある声だ。

白髪交じりの頭髪は年相応に薄くなっているが、身なりは若やいだ服装で、こげ茶の背広に淡いピンク色のネクタイを締めている。

黒ぶちの眼鏡を掛けた色白の顔は、たるんだ艶やかなほっぺや目元にほんのりと赤みが差している。

「これはこれは、おめでとうございます。ようこそ、おいで頂きました」

芝崎はいすから立ち上がると、腰を折り坊主刈りした白髪頭を深々と下げた。

「いやさあ、名刺交換会に君も来ていたのでね、話しておきたいことがあったんだがね、次々と客が押し掛けて来てね……。それでさあ、悪いけど急に邪魔したんだよ」

谷本は急に来社したことの断りを入れながら、応接の五人掛けのソファの中央に自分からさっさと腰を下ろす。

自身の選挙がある年は別にして、一年の大半は東京暮らしなので、東京弁がすっかり板に着いている。

「先生、お伴の秘書の方は？」

芝崎が谷本に言葉を掛けながら、向かい合わせにソファに座る。

「短時間で済む話なんで、駐車場に停めた車で待たせているよ」

「で、私にお話というのは？」

芝崎は、谷本の方へ身を乗り出して尋ねる。

「いやね、話というのはね、君のとこの岬とかいう記者のことなんだよ」

谷本が眉間にしわを寄せ、いまいましげに舌打ちする。

芝崎は嫌な予感がした。

「県政を担当している岬が、どうかしたんでしょうか」

芝崎が恐る恐る尋ねる。

「去年の秋ごろから、奈良の屋敷の方へちょくちょく電話をしてくるし、師走の暮れになると、夜分に断りも無く押し掛けて来たりするので、屋敷の者が随分迷惑しているんだよ」

谷本が、眼鏡越しに芝崎の顔をじろりと見る。

芝崎は、谷本の真剣な目付きと物言いに当惑した。

「うちの岬が何でまた？」

「僕の選挙のことだよ。屋敷の家政婦の話では、僕が東京にいて留守中にしばしば屋敷を訪れ、次の選挙に立候補するのかどうか、その意思を僕自身から直接聞きたいから、帰省したら連絡してほしいと言うんだ。家政婦はその都度、時期が参りましたら、県庁の記者クラブへ出向いて申し上げますと、僕が申し付けた通りに応えているのだがね、納得せずに押し掛けてくるんだよ。家政婦も困っているから、ひとつ、君から岬という記者に、その辺のところを十分に言い聞かせてほしいんだ。よろしく頼んどくよ。新年早々で君も忙しいことだろうから、これで失敬するよ。くれぐれもよろしくね」

谷本は早口で言うだけ言うと、ばっとソファから立ち上がり、入り口のドアに向かった。

　芝崎は慌てて腰を上げ、谷本の背中に小さく頭を下げた。

　芝崎はしばらくしてから編集局長の大西を部屋に呼び、奈良市長の中沢から、中国の西安市との友好都市締結の件で上京する折り、県政担当の岬を個人的に同行したいとの要請があったので承諾したことを報告し、岬にその旨申し伝えるように頼んだ。

　谷本の件に関しては、岬の反発を買い、逆に取材がエスカレートしかねないとあって胸に納めていた。

揺さぶり

　県の新年度予算案を審議する県会が開会した二月半ばの夕刻、芝崎は奈良市内の馴染みの小料理屋に、県会議員の福沢を招いて一献傾けていた。

　グレーの地味な背広を着た福沢は、吉野郡から選出された古参の県会議員で、少数の野党議員のリーダー格だった。

　また、鬼貫が議長になってからは議会運営委員会の委員長ポストに就いていた。

　議場で知事の木村を嫌みたっぷりに追及するので、県会議員の中でも特に目立った存在だったが、鬼貫との親しい関係や労働組合を後ろだてにしていることもあって、芝崎は同郷でありながら福沢とは親しい間柄ではなかった。

「社長はん、日ごろ付き合いのないこのわてを、わざわざ酒の席へ招待するとは、一体どんな風の吹き回しでっか。会社の組合とのもめ事の仲裁でも頼む積もりでっか」

茶の背広に臙脂のネクタイを締めた芝崎と差し向いに、膳の前であぐらをかいた福沢が、身を乗り出すようにして尋ねる。

「いやいや、組合とのもめ事の仲裁なんかやない。組合とはうまくいっとるし、あんたの世話になることなんかないわ。来てもろうたのは、同じ吉野に生まれた者同士やし、県会の野党議員のリーダーであるあんたに、吉野のために一肌脱いでもらいたいと思ってな」

芝崎は目元に笑みを浮かべ、ゆったりとした口調で応える。

「吉野のためとあれば、社長はんから頼まれんでも、喜んで一肌も二肌も脱がしてもらいまっけど、何をどうしろと言うんでっか」

福沢は眼鏡の奥の小さな目を見開き、急き立てるように言う。

「そのことはおいおい話すとして、まあまあ一杯やりましょう」

芝崎は膳の上の銚子を右手で掴み、福沢へ差し出した。福沢は底の浅い大ぶりな盃に両手の指先を添え、芝崎の酌を受けた。

二時間近くに及んだ酒の席で、芝崎は、阪奈和合併が奈良県の経済発展の大きな原動力になるばかりか、過疎化に悩む吉野の振興にも役立つことをじっくりと福沢に言い聞かした。

その上で、阪奈和合併は奈良県にとって益なしと断じて、一顧だにしない木村県政に終止符を打つべきだと、野党としての奮起を促した。

それから十日後、福沢は新聞の切り抜きを手にして、県会の本会議で一般質問に立った。切り抜きは、大和新聞の元日付に掲載された石黒の社説だった。

「私の手元にあるのは、木村知事の長年のブレーンである石黒氏が、元日付の大和新聞に書いた社説の切り抜きであります。知事は勿論のこと、県会議員諸氏も〈七選思うべからず〉と題した社説は十分にご承知のことと存じます。石黒氏は社説の中で、われわれ議員に対して、県民から選ばれた選良としての自覚も誇りもなく、知事の飼い犬同然であると痛烈に批判されています。議員の一人として、面目次第も無く、県議会として大いに反省すべきだと思っているところであります。一方、知事に対しては、有終の美を飾り、今季限りで引退するようにと助言されています。私自身もそうですが、県民の多くが知事の七選を快くは思っていません。そこで、石黒氏の助言を知事自身はどのように受け止めておられるのか伺いたい」

グレーの背広で、白のワイシャツに薄い水色のネクタイを結んだ福沢は黒い縁取りの眼鏡の奥で瞬きをすると、壇上から下りて意気揚々と議席へ向った。

二年後の次期知事選に向けて、野党の候補者擁立工作が水面下で進められていることも背景にあるが、与党の民自党議員が大多数を占める県会の本会議場で、木村の七選に公然と反対の意思表示をしたのは福沢が初めてだった。

傍聴席の最前列で取材していた大和日報の岬は、今期限りでの引退を助言した石黒の社説に関して、木村が本会議場でどのように答弁するか興味津々だった。

何故なら、岬は年頭の記者会見で石黒の社説を取り上げ、木村自身の思いを質したが、木村は「助言は助言として承っておきます」とにべもない返答で、軽く一蹴したからだ。

黒っぽい背広姿の木村は、議場と向き合った理事者側の自席で右手を挙手して立ち上がると、すぐわきにある一段高い演壇へうつむき加減に向かった。そして、登壇すると議場の福沢の方に視線をやりながら語り始めた。

「正月に大和新聞に掲載された、私自身に関する石黒論説委員の社説について、私自身がどう思っているのかという福沢議員の質問ですが、別に特段の思いはございません。健康に努めながら、知事として県民のため、郷土のために今後とも職務に精励する所存でございますので、よろしくご理解を賜わりたいと思います」

木村は笑みを浮かべ、淡々とした口調で答弁を終え理事者の席へ戻った。

すかさず、議場の福沢が自席から再び質問を行った。

「知事は、石黒氏の社説について特別な思いはないとおっしゃられたが、知事にとっては、厚い信頼を寄せる石黒氏の助言とはいえ、随分耳が痛かったことでしょう。二十年に及ぶ知事としての業績が花開き、実を結んでいる今日の段階において身を引くことが、奈良県の歴史に残る立派な知事として県民に称えられることになると社説で書かれていましたが、全くその通りだと思います。七選思うまじという石黒氏の助言は、まさに県民の声でもあります。《野党席から、その通りだの声》全国を見渡しても、七選を成し得た知事は、革新府政を敷くお隣り京都の知事だけであります。賢明な木村知事であるならば、七選については、老いの一徹を通すことなく、今直ちに引退声明を出すことが、県民の拍手と称賛を浴びることになると思う次第ですが、知事のお考えを聞かせてほしい」

福沢は熱っぽく演説口調で質した。静まる議場に野党席からぱらぱらと拍手が起きた。

だが、木村は質問内容を事前に予期していたのか、澄ました表情で再び演壇に上がると、皮肉たっぷりに切り返した。

「県民に七選がええか悪いか尋ねたら、反対が多いだろうという議員の話であります。或いはそうかもしれません。でも、お隣りの京都では、福沢議員の所属する政党の方々が七選の知事さんを応援されたと聞いております。京都では七選が良くて、奈良では悪い。賢明な福沢議員にしては、何だか筋の通らぬ話ですね。《その通りや！　何で京都は良くて、奈良はあかんのやと民自党議員からヤジ》まあ、百万の県民の皆さまがいれば、一人や二人は県政なり、知事の私に対して不満を漏らす方はいるでしょうが、私は、愛する郷土のために、また、県民の皆さまのために、今後とも微力ではございますが、精一杯努力致して参る所存でございます」

　降壇する木村に議場から盛んな拍手が送られる。痛いところを突かれた福沢は引き下がるしかなかった。

腹の内は？

　新しい年度がスタートして間もない四月の半ば、大和日報の岬は上京する奈良市長の中沢に同行した。

　三年前に、芝崎の直々の指名で奈良市の市政担当記者に赴任した岬は、大久保利通、木戸孝允と並んで〈維新の三傑〉と称される西郷隆盛にどことなく似た中沢の風姿に親しみを覚え、日に一度は取材に事寄せて、市庁舎の二階に記者クラブと隣り合ってある市長室を訪れた。

　中沢の方も世間ずれしていない若い岬に快く応対し、一年後に彼が県政担当に配置換えになり、転任の挨拶に市長室を訪れた際にはポケットマネーから餞別を贈った。

　中沢の上京の目的は、国交を回復したばかりの中国の古都、西安市との友好都市提携を実現するために、懇意にしている外務大臣に面会して、日本政府の後押しを直接お願いすることだった。

　若いころから大陸に憧れ、日本の将来のためには日中両国を主軸としたアジア国家連合の結成が必要とまで考えていた中沢は、平城京の昔に交流が活発に行われていた唐の都、長安、現在の西安市との友好都市提携が、奈良市長としての己に科せられた歴史的使命であると心に深く刻んでいた。

　中沢は、前年秋の国交回復以前から中国の時の周恩来首相に直接書簡を出し、その実現を要請していた。

　しかし、梨の礫《つぶて》だった。

　中国では文化大革命の真《ま》っ直中《ただなか》とあって、市会議員や市民の間から「常軌を逸している」と非難されていたが、国交回復がなったことから、好機到来とばかりに日本政府へ直談判に及んだのである。

　上京した午後に外務大臣との面談を終えた中沢は、定宿《じょうやど》にしている品川のホテルに引き揚げ、食堂で岬や秘書と夕食のテーブルを囲んでいた。

「大臣もなあ、わしと話すように、はきはきした物言いで国会の答弁をしたら、評判も良くなるのにのおー」

　中沢が盃を手に、目を細め独りごとのように言う。

西安市との友好都市提携を、国も全面的に支援するとの外務大臣の色よい返事をもらった後だけに、グレーの背広に巨体を包み、白いワイシャツに桃色のネクタイを締めた中沢は、満面に笑みを浮かべすこぶる上機嫌だ。

テーブルを挟んで向かい合った岬がすかさず相槌を打つ。

「そうですね。市長と話すときのように、国会で明快に歯切れ良い答弁をすれば、国民からアー、ウー大臣と呼ばれたりすることもないのにねえ」

普段はノーネクタイのラフな格好で、県庁内の各部署を取材で廊下トンビの如く歩き回っている岬だが、大臣との面談に同席するとあって、この日は折り目の入ったグレーのズボンに若草色のブレザー姿で、白いワイシャツの上から茶色のネクタイをしている。

「わしも以前、大臣に会った際にの、てきぱきと答弁をなされたらどうですかと助言したんだ。ところがの、大臣が言うには、大臣としての言葉は、国の運命を左右しかねないだけに、一言半句《いちごんはんく》といえども疎かには出来ないんだそうだ。だから、アーとかウーとか言いながら、いかに答弁するべきかと、頭の中で必死に考えているんだと仰っていたわ」

「そうですか。アー、ウー大臣と国民は茶化しているが、アー、ウーは、大臣としての言葉の重さを背負って答弁に立つ、大臣のいわば呻吟なのですね。市長！　いい話を聞かせて頂きました。同行して東京へ出て来て良かったです」

酒も手伝って、岬の顔が赤く上気してい

る。

「ところで市長、三月議会で奈良市長として四選はないとおっしゃられていますが、そうなると、次はいよいよ知事選ということなんですか」

岬が身を乗り出すようにして中沢の顔を見る。

岬が中沢の上京に同行した真の目的は、次期知事選に関して中沢自身の胸の内を直接取材することだった。

「四選はしないというのは、わしの前々からの持論なんだ。そもそも、わしは政治家には向いてないんだ。市長選に初めて立候補したのは、奈良市の財政が破たんし、暴力団が大手を振って庁内をのし歩いとるといった当時のありさまを見聞きして、自分が立たなければ奈良市が崩壊すると思ったからだ。市長は一期限りで辞める積りだったんだが、やむにやまれぬものがあって、二期、三期と続けているんじゃが……」

中沢は盃をテーブルに置き、真顔で淡々と述べる。

しばしの沈黙があって後、岬が再び口を開く。

「市長、市民の間では奈良阪の開発問題を自分の手で解決するために、市長を辞めて次の知事選挙に出馬するのではないかと、うわさされていますが」

途端に、中沢は顔をしかめ、勢いよくまくし立てた。

「県のやることは全く分からん。だから市民は、わしに知事選に出ろと言うのだろう。木村知事は落日の太陽だし、わしが知事選挙に出れば必ず勝てる。だが、出馬しません。市長を辞めた後は、事業や政治の世界から離れて、年来の願望である武道の復興や青少年の精神育成などに取り組みたいと思っているんだ。岬さん、政治家というのはな、選挙に出るよりも、引き際が難しいんだ」

中沢は己の今後の進退に絡め、二十年余りも知事の座にある木村が、その座を奈良市長の中沢に明け渡したくないために、奈良市が許可を求める奈良阪開発で不当な横車《よこぐるま》を押していると暗に揶揄する。

「知事選には絶対出ないということですか」

気落ちした岬がぼそっと言う。

中沢は、岬を慰めるように言い添えた。

「今は出たくないんだ。しかし、わしは、己の心に決するところに従って生きているし、やむにやまれぬものが心に湧き上がってくれば、負ける選挙と分かっていても出ます。わしは、損得を考えて生きる人間じゃないんだ。岬さん、この話はもう置こう」

岬は、言葉とは裏腹に中沢の知事選への意欲を感じ取った。途端に生き生きとした顔になった。

翌朝、岬は中沢に連れられて靖国神社を参拝し、東海道新幹線に同乗して帰途についた。

夕方近く帰社した岬は、中国・西安市との友好都市提携に関する外務大臣との面談記事とは別建てに、次期知事選に関する中沢へのインタビュー記事を出稿した。

《次期知事選に現在のところ出馬する意思

はないが、木村知事は落日の太陽だから、出馬すれば必ず勝てる》という、中沢の談話を詳細に報じた翌日の大和日報のトップ記事は、木村の七選へ向けて着々と動き出している県政界に波乱の一石を投じた。

将を射んとせば

次期知事選を巡る中沢の強気な発言は、奈良阪開発の許可を渋る知事の木村に対するいわば脅しだった。

大和日報の芝崎もこれに呼応し、すかさず木村の七選出馬へ揺さぶりを掛けた。

〈月刊・風見鶏〉の編集責任者の小田に命じて、中沢の《木村知事は落日の太陽だから、出馬すれば必ず勝てる》という発言を受けて、中沢の知事選出馬を期待する奈良市民の声を五月号で特集したことだった。

知事選出馬へ向けて自身が仕掛けた奈良阪開発が足かせとなり、身動きのとれぬ中沢を、多くの奈良市民の期待と励ましの声でバックアップし、彼を知事選へ押し上げようという芝崎の魂胆だ。

気負い立つ芝崎は、木村を支える県会議長の鬼貫にも当然の如く矛先《ほこさき》を向けた。

〈将を射んと欲すれば先ず馬を射よ〉の格言ではないが、県民の生活環境の改善や緑豊かな自然環境の保全をモットーに堅実な歩みをみせてきた木村県政に対して、大和日報の紙面で非を打ち鳴らすことが難しい状況の中では、黒いうわさの絶えない鬼貫の悪行を新聞記事で県民の目にさらすことが、木村打倒への近道と芝崎はひそかに考えていた。

鬼貫は、十年近くも県会議長の座にあり、県会のドンとして県政界の裏舞台を取り仕切っていた大野を、県会の一匹狼である鈴木と組み、巧みな謀略で議長の座から引きずり下ろした。

そして、前年の六月県会で念願の県会議長に就くと、民自党県連会長や商工団体の会長など大野が兼務していた要職を次々と手中に収め、復権を目指す大野を引退に追い込んだ。

県政界の新たな実力者として県民の前に登場した鬼貫は着々と足場を固め、近く開会する六月県議会で再び議長に選任されることが確実視されていた。

その一方で、鬼貫が事実上のオーナーである建設会社が、県会議長であり、民自党県連の会長でもある鬼貫の威光を嵩《かさ》にきて、県下の公共工事ににらみを利かせ、不当な利益を貪っているという風聞が絶えなかった。

芝崎は、鬼貫の議長再選を県民世論の力で阻止し、木村の七選へ動く県政界の流れを分断しようと、日ごろ親しくしている鈴木に助勢を求めた。

鈴木は、かつては大野打倒で鬼貫と蜜月関

係にあったが、議長の座を手に入れるや、〈第二の大野〉への道を歩み始めた鬼貫に愛想を尽かし、今では犬猿の仲になっていた。

　男気のある鈴木は、芝崎との約束に違わず、六月県議会の本会議で鬼貫の黒いうわさを取り上げた。

　本会議での代表質問や一般質問は、事前に質問内容を理事者側に通告するのが慣例になっているが、ごつごつした赤ら顔から〈ゴリラ〉と陰で同僚議員から呼ばれている鈴木だけは、書面で大雑把《おおざっぱ》に伝えるだけだった。

　質問内容の詳細について、理事者側から問い合わせがあっても一切明かさなかった。

　このことが、本会議場や委員会での鈴木の爆弾質問となり、新聞記事に大きく取り上げられることにもなった。

　午後一時から開かれた県会本会議で一般質問を行う鈴木は、大柄な体に鈍い緑色のダブルの背広を着込み、薄くなった頭髪は、何時ものようにポマードでてかてかとオールバックにして、古参議員が居並ぶ議場の奥まった議席で悠然と出番を待っていた。

　最大会派の民自党議員の質問が事もなく終わり、いよいよ鈴木が質問に立つことになった。

　議長席の鬼貫が寂の利いた声で鈴木の名前を読みあげると、鈴木は席を立ち、議場の後方から大股でゆっくりと演壇へ向かった。

《ゴリラが一体何を質問するのやろ?》

　議場の議員はそんな気持ちで鈴木の後ろ姿を見つめている。

　演壇にやって来た鈴木は、紺の背広姿で数

段高い議長席に座った鬼貫に軽く会釈し、演壇のマイクと向かい合った。

そして、背後から固い表情で見下ろす鬼貫の冷たい視線を知ってか知らずか、演台に両手を軽く乗せ、身を乗り出すようにして議場を悠然と見回すと、重々しい口調で切り出した。

「これから私が申し上げることは、議場の議員の皆さんはもとより、知事も耳にされていることかと存じます。それは、如何なることかと申し上げますと、本県の公共事業に関する不明朗なうわさであります。具体的に申し上げますと、県内の業者としては、大手に属するのかもしれませんが、全国的には中小企業の某建設会社が、奈良県が発注する国内大手の業者を対象とした公共事業で、談合の仕切り役となり、下請け工事を一手に引き受けているということであります。うわさであり、真偽のほどは私自身も分かりませんが、仮に事実とすれば、清潔かつ公正を旨とした木村県政にとって、極めてゆゆしき問題であろうかと存じます。そこで、こうしたうわさについて、知事はどのように思われるかお伺いしたい」

鈴木はごつごつした赤ら顔を紅潮させ、粛々と質問を終えると悠然と演壇を離れた。

議場は不気味に静まり返っている。

鈴木が事もあろうか、県政界のニューリーダーとして、近々行われる県会の役員改選で再び議長のいすが約束されている鬼貫の目の前で、当人を槍玉に挙げたのだ。

議場の議員は瞳をじっと凝らして、檀上か

ら下りる鈴木と、背後の議長席に座った鬼貫の顔を交互に見比べている。

理事者側の最上席に座った知事の木村は、顔色一つ変えずに正面を見据えているが、居並ぶ県の幹部たちは一様に身を固くして下うつむいていた。

議場の最後方の議席へゆったりと歩を進める鈴木の後ろ姿を、鈴木に劣らぬ巨漢の鬼貫が、天狗のような赤ら顔を引きつらせ、険しい目付きで睨みつけている。

議場と壁一つへ隔てた記者席では、議場のマイクとつながった部屋のスピーカーを通して本会議の質疑応答を取材しているが、大和日報の岬をはじめ全国紙の県政記者たちは、久々に飛び出した鈴木の爆弾質問に色めき立った。

なかでも狂喜し、木村の答弁を手ぐすね引いて待っているのが岬だった。

記者室の机の上に取材ノートを開き、鉛筆を右手の指先に握り締めてスピーカーに耳をそばだてているが、まゆはつり上がり、両眼をかっと見開いている。

中立的な立場で本来取材に当たるべき県政記者として、岬の殺気立った表情は褒められたものではなかったが、鬼貫との過去の因縁話を振り返ると、血気盛んな一人の若者の心情には無理からぬものがあった。

少々昔の話になるが、事の発端は岬が大和日報に入社した五年前の春のことだった。

会社の春の恒例行事である新入社員歓迎の花見が、桜が見ごろを迎えた奈良公園で夕刻から催された。

国立博物館横の芝生での宴には、社長の芝崎をはじめ社の幹部が顔をみせたほか、作業が忙しくなる工務部門を除く本社の社員のほとんどが参加した。

二時間ほどで花見がお開きになった後、岬はほろ酔い気分で宵闇に暮れた園内を独りで散策していたところ、提灯の明かりが灯った興福寺境内の芝生の上で車座になり、陽気に酒盛りをしている男たちのそばを通りかかった。

気にも留めずに、そのまま通り過ぎていれば何事も無かったのだが、薄暗くて見分けがつきにくかったうえに、酔いに浮かれていたせいもあって、岬は、会社の先輩が二次会に及んでいると錯覚したのだ。

喜々として駆け付けたところ、酒に浮かれてばか騒ぎをしていたのは、会社の先輩ではなく、後で分かったのだが、鬼貫の元に出入りしている若いチンピラたちで、事の成り行き上、岬は彼らの花見に付き合うはめになったのだ。

しかも、花見には近くの花街の芸者三人が無理やり同伴させられていて、夜が更けて帰り仕度に掛かると、芸者の一人が、飛び入りの岬にこっそり救いの手を求めてきたのだ。

芸者たちに同情した岬は、機転を働かせて若い芸者たちを彼らの手から逃がしてやることができたが、その代わりに三人のチンピラたちに猿沢池のほとりで袋叩きに遭った。

元はといえば、酒に酔った自らの軽はずみな行動が招いた我が身の不幸であったが、そのことが鬼貫への遺恨《いこん》となった。

駆け出しの新人ながら支局長に抜てきされ、鬼貫の地元を担当することになった岬は、建設業を看板にして県会議員の公職にのし上がりながら、若い時分に関わったやくざ稼業の連中と付き合い、彼らを利用して公共工事の談合を陰で取り仕切るなど、とかく黒いうわさのある鬼貫の周辺をしつこく嗅《か》ぎ回った。

岬にとって、鬼貫は不倶戴天《ふぐたいてん》の敵であり、県会議員として幅を利かせていることが許せなかった。

江戸の敵を長崎で討つのことわざではないが、チンピラたちに袋叩きに遭った仕返しに、鬼貫の悪事を何が何でも新聞記事で暴いてやる覚悟だった。

そんな過去の経緯《いきさつ》があるだけに、鈴木の爆弾質問は、岬の鬼貫に対する怨念を晴らす又とないチャンスだった。

鈴木が県会の本会議場という公の舞台で、議長席の鬼貫を目の前にして、県の公共工事に絡んだ彼の黒いうわさを敢然と取り上げ、知事の木村に質すというのは、鈴木自身としても相当の覚悟を決めてのことだと岬は思った。追及するネタも十分に用意してのことだと睨んだ。

新聞は言論の灯台

鈴木が自席に戻ると、理事者側の最上位の席に灰色の背広姿で端然と座っていた知事の木村がおもむろに挙手し、議長の鬼貫の指名を受けてすぐそばにある演壇に上がった。

木村は、議場の最後方の議席にいる鈴木の方を厳しい表情で見つめながら語り始めた。

「ただ今は、鈴木議員から県の公共事業に関して不明朗なうわさが取り沙汰されているが、知事としてどのように思っているかとのご質問ですが、私自身は、議員が申されるようなな左様なうわさを耳にしたことはございません。左様な事実はないと思っております。我が奈良県には、黒い霧とかスモッグとかはございません。今日のように天気の良い日は、県庁舎の屋上には、青空の下、国旗と県旗がへんぽんと翻《ひるがえ》り、実にすがすがしい光景です。それが奈良県政の姿であり、木村県政そのものであると思っています。私自身、そういう清く明るく正しい県政を打ち立てるべく、知事として二十年余りに渡って努力して参ったのでございますので、県民の皆様にはどうかご安心を願いたいと思います」

木村は一語一語力を込めて答弁し、黒いうわさをきっぱりと否定すると演壇を下りた。

理事者の席に戻った木村の表情は、普段と変わらぬ落ち着いたものだった。

鈴木の爆弾質問に動じる風は微塵も感じられなかった。

議場の後方で鈴木が挙手し、議席から立ち上がった。

「知事の答弁を聴き、県民の皆さんも大いに安心したことと思います。私が取り上げた不明朗なうわさは、単なるうわさ話に過ぎないのかもしれません。しかし、火のないところに煙は立たずという例えもありますので、知事をはじめ県当局に対して、県民に不信感を抱かせるようなことがないように、今後とも大いに努力して頂くことを願って私の質問を終えます」

記者室の期待をよそに鈴木はあっさりと矛を収めた。

岬はがっかりした。二の矢は放たれず、鈴木の爆弾質問は単なる打ち上げ花火に終わった。

県が発注する公共工事を巡る業者間の談合は、県会議長の鬼貫が背後で糸を引いているという、黒いうわさの中身は具体的に明らかにされずじまいだった。

逆に、鈴木の爆弾質問にいささかも動ぜず、公正で清潔な県政を、青空の下ではためく県庁舎屋上の国旗や県旗の情景に絡めて巧みに強調した答弁が、七選をうかがう木村の県政運営に対する揺るぎない自信を、岬ら県政記者たちに強く印象付けた。

芝崎は、鈴木の一般質問を報じた翌朝の大和日報の一面のトップ記事に落胆した。

鈴木の県会での追及に乗じて、鬼貫に対してさらに追いうちを掛けようと、黒いうわさについて〈月刊・風見鶏〉で特集することを目論んでいたが、諦めるほかなかった。

鈴木は鬼貫の黒いうわさを県会で取り上げ、芝崎との約束を一応は果たした。

だが、その一方で、信頼を寄せる知事の木村にも配慮して、事前に公舎へ電話して質問内容を明らかにし、木村からは《踏み込んだ質問はしないで欲しい》と頼まれていたのだ。


梅雨が明け、大和盆地は夏本番を迎えようとしていたが、芝崎の胸中はじめじめとした鬱陶しい気分だった。

六月県会で鬼貫が議長に再選され、木村の七選へと動く保守県政界の流れは勢いを増していた。

これに対して、木村の対抗馬として奈良市民が期待を寄せる中沢の方は、一向に腰を上げる気配がなかった。

芝崎は会う度に出馬を促したが、中沢は《一期目、二期目の木村県政には打ち込む隙《すき》がありませんでしたが、今は隙だらけです。知事選に出馬すれば必ず勝ちますが、まだその気になれないのです》と、思わせぶりに応えるだけだった。

次期知事選を巡る静かな胎動をよそに、大和日報にとってはこの間に歴史的な出来事があった。

工務部門で製作している紙面の原版を、鉛活字を使った活版印刷でなく、写植植字によるコールドタイプ方式に転換するために、平屋でトタン葺きの旧工場を解体し、春先から建設が進められていた新工場が完成したのだ。

百五十坪ほどの敷地に建設された鉄骨造りの新工場は三階建てで、一階が活版部門、二階が写植室、三階が会議室になっていた。

写植機が導入されたことで、工場で働いていた社員は、蛍光灯の灯った薄暗い土間で、記者の書いた原稿を目で追いながら棚から鉛活字を一字ずつ取り出し、手にしたゲラ箱に並べていた文選作業や鉛活字の鋳造作業から解放された。

新工場の誕生は職場環境の改善を求めていた社員をはじめ、会社全体の大きな喜びだった。また、紙面の印刷もきれいになり、新聞の品質向上にもなった。

六月の半ばに新工場の完成祝賀会が三階の会議室で催された。

折りから六月県会の開会中であったが、知事の木村と議長再選が確実視されていた鬼貫、それに木村の政敵である奈良市長の中沢ら各界の代表十人が顔をみせ、大和日報の社員と喜びを共にした。

来賓を代表してグレーの背広姿の木村が祝辞を述べたが、社長の芝崎が熱烈な阪奈和合併論者であることを意識してか、通り一遍の祝辞でなかった。

奈良県の将来と地方紙である大和日報にとって、非常に含蓄に富んだ内容だった。

木村は「地方の行財政改革と称して、都道府県制に代わる道州制や都道府県の合併などが声高に叫ばれている昨今ですが、私は国民の間で、慎重に熟慮すべきだと思っております。と申しますのも、そのことが国の在り方にどのように関わっていくのか。ひいては、国民の生活にどのような影響を及ぼすのかといったことについて、何ひとつ具体的に語られてはいないからでございます。政治家や財界人が道州制を語るなら、その具体像や中身を分かりやすく国民の前に示すべきです」と、中身のない、上調子《うわっちょうし》な道州制や都道府県の合併論をまず批判した。

そして、自分自身の考えを「都道府県の合併によって行政区域が拡大すれば、その中で人口や経済、富などの一極集中が起こり、他は取り残されることになるではないかと懸念しています。それ故に私は、道州制の導入や都道府県合併が国民の民意に沿うものかどうか、はなはだ疑問に思っているのでございます」と述べ、道州制や府県の合併に否定的であることを明らかにした。

さらにその上で、阪奈和合併と大和日報の関わりに触れて次のように述べた。

「本県が大阪や和歌山と合併すれば、大阪に一極集中し、奈良県は取り残されることになりかねません。言論や情報もまた然りかと思います。そうした意味で、日本の歴史のふる里、日本人の心のふる里でありますす奈良県とそこに暮らす奈良県民を、道州制や大阪との合併で埋没させてはならぬと強く考えているのであります。どうか、大和日報の芝崎社長をはじめとした社員の皆さま方には、私の考えをご理解頂きたい。大和日報は、大阪の全国紙に比べて規模は小さいですけれども、奈良県を代表する地方紙であります。どうか、奈良県民の民意を十分に汲み上げて頂き、本県の誤りなき未来を照らす言論の灯台として、今後とも県政にお力添えを賜わりたい」

演壇の傍らで耳を傾けていた、黒のモーニング姿の芝崎には甚だ耳の痛い祝辞だったが、壇上から下りてきた木村に向かって深々と頭を下げた。

他の社員たちに混じって式場に整列し、木村の顔を注視しながら話を聴いていた県政記者の岬は、道州制や阪奈和合併に否定的な考えを率直に吐露した木村に好感を抱くとともに、大和日報を《奈良県の未来を照らす言論の灯台》と称した言葉に深く感動した。

再会

八月に入り、大和盆地はうだるような暑さに見舞われていた。

甲子園出場を目指しての夏の高校野球県大会はすでに終盤を迎えている。高校野球の県大会が終われば、大和日報が力を入れている中学野球県大会の開幕である。

大和日報が夏の中学野球を大きく取り上げるようになったのは、芝崎が社長に就任してから数年ほど経った夏の大会からであった。

それまでの大和日報は、高校球児の夏の県大会は、主催者である全国紙以上に紙面を割いて連日大きく報道してきたが、中学野球の方は取材をせずに、試合結果だけをスポーツ面の片隅に掲載する程度だった。

　そこで、中学野球の関係者が大和日報を訪れて、社長の芝崎に《夏の中学野球の後援してほしい》と陳情したところ、芝崎は《奈良県の高校野球のすそ野を広げる意味で、中学野球の振興は大いに意義のあること》と快諾したのだ。

　以来、大和日報は高校野球並みに夏の中学野球の報道に熱を入れ、社長の芝崎は朝のうちに行われる開会式に必ず駆け付けた。

　開会式で祝辞に立った芝崎は《大和魂を大いに発揮し、勝利を目指して頑張れ！》と、毎年同じ決まり文句で球児を激励した。

　そして、頭に被った白いソフト帽を脱ぎ、白いワイシャツ姿で始球式のマウンドに颯爽と立った。

　ワイシャツの袖口を肘の辺りまで無造作に捲くり上げ、ノー・ワインドアップのぎこちないフォームから投じられた白球は、キャッチャーミットまで届かなかった。

　つるつるした額に汗を浮かべ、観客の拍手に苦笑いしながらマウンドを下りる芝崎の顔は、子どものような無邪気で屈託のない表情を浮かべていた。


　谷本参議院議員の屋敷の者という中年の女性が、芝崎との面会を求めて大和日報を訪れたのは、中学野球の開幕を翌日に控えた午後のことだった。

　秘書の女性は所用で夏休みの休暇を取っていて、芝崎は社長室の執務机の前でのんびりとうたた寝していたところを起こされた。

芝崎は、面談にやって来たのが谷本参議院委員本人ではなく、屋敷の関係者という受付からの知らせに一瞬戸惑いを感じたが、ともあれ会うことにした。

社長室のドアを軽くノックして静かに押し開き、芝崎の前に姿をみせたのは、小柄で上品そうな中年の女性だった。

縞文様のある淡い浅葱《あさぎ》色の絽の着物をまとい、象牙色の名古屋帯を締めている。

「さあ、どうぞこちらへ」

白い半袖の開襟シャツ姿の芝崎は執務机から立ち上がると、社長室の入り口で堅い表情で立ちすくんでいる女性に、部屋の中央に置かれた応接のソファへ腰掛けるように促した。

そして、芝崎自身は長方形の木製の応接テーブルの一人掛けの専用ソファにゆったりと座った。

天板にきれいな虎毛の模様が浮き出たテーブルは、吉野の芝崎の持ち山から伐り出したナラの古木でこしらえたものだった。

うつむき加減に恐る恐る部屋の中へ入り込んだ女性は、テーブルを挟んで芝崎と向かい合った、五人掛け用のソファの端っこにそっと腰を下ろした。

目尻に小皺があるが、色白でふくよかな顔立ちだ。

後頭部の襟足の辺りに髷《まげ》を結った落ち着いた雰囲気の髪形で、白い足袋に踵《かかと》の低い紫の鼻緒の草履を履き、手に白い革のハンドバックを提げている。

「谷本先生のお屋敷の方だそうですが」

芝崎がやんわりと口を開く。

女性が芝崎に向かって顔を上げる。

「先生のお屋敷で長年、家政婦として働かせて頂いております者でございます」

芝崎の顔をじっと見つめ、はきはきした物言いだ。

「それで、私へのご用件とは」

芝崎が首を左に傾け、家政婦の女性を右斜めに見ながら尋ねる。

「実は、社長さまの新聞で記者をなさっておられます、岬記者のことでお願いに上がったのでございます」

家政婦は必死の色を浮かべながら応えた。

「岬記者のこと？　岬が何か」

芝崎の表情が曇った。

正月早々に谷本本人が芝崎の元を訪れ、来年に迫った次期の参議院選挙の去就に関して、無遠慮に取材に押し掛けてくる岬を何とかしてほしいと懇願されたことを思い出したのだ。

「岬記者は去年の暮れごろから、夜分にちょくちょく屋敷の方へお見えになられ、次の選挙のことで谷本先生のお考えを伺いたいので、東京から奈良へ戻られる予定を教えてほしいと、おっしゃるのです。留守を預かる家政婦の私は、次の選挙に関してのお考えは時機を見て県庁の記者クラブでお話しすると申されていますと、先生の言いつけどおりにご返事して、お引き取り願っているのですが、それでも岬記者はよく屋敷の方へ来られるのです。それで何事もなければよろしいのですが、昨晩、東京から屋敷へ戻られた先生と玄関先で鉢合わせになり、えらいことにならはったのでございます」

　家政婦は額にしわを寄せ、声をひそめてとつとつと喋り終えると下うつむいた。

芝崎はどきっとした。

「えらいことに？　そ、それはどんなことでっか」

　金縁の眼鏡の奥がぎらぎら光っている。

　家政婦は顔を上げ、意を決したように語り始めた。

「はい。先生は、次の選挙のことは時機が来たら県庁で記者会見するので帰ってくれと申されたのですが、岬記者は引き下がらずに、選挙まで一年足らずしかないのに、時機がどうのこうのと言うのは納得がいかない。今後も国会議員として、国民のために働きたいという情熱と意思が谷本先生自身にあるのか否かを聞かせてほしいと言うのですよ」

「岬が、先生に向かってそんなことを言いましたんか！」

　芝崎は、少々あきれたような物言いをしたが、心の中では《いかにも岬らしい》と思っていた。

「そうなんですよ。黙って、お帰りになられるどころか、しつっこく先生に迫るんですよ」

　家政婦は身を乗り出して相づちを打つ。

「で、どないなったんです？」

　芝崎は急《せ》き立てるように言う。

「先生は怒って腹を立てられ、そばにいた私に、コップに水を入れて持って来るようにおっしゃったので、台所に行って先生が使ってらっしゃるコップに水を入れてお持ちしたところ、岬記者に向かって、夜分に断りも無く屋敷へ押し掛けて、若造のくせに、国会議員のわしに説教する気か！　貴様みたいな無礼で、礼儀知らずの記者は、週刊誌の記者にもいないわ！　さっさと帰れと怒鳴りつけて、コップの水をぶっかけられはったんです」

家政婦は申しわけなさそうな顔をした。

「何ですって！　谷本先生が怒って、うちの岬に水をぶっかけた……」

芝崎は、右手の五本指を額に当てて思わずそっくりかえり、眼鏡の奥の両目を白黒させた。

「はい。岬記者のズボンの裾の辺りと足元を濡らした程度でしたが、こぶしを握り締め、怖い顔をして先生を睨みつけるし、どうなる事やらとはらはら致しました。幸い、岬記者が黙って帰られたので大きな騒ぎにならずに済みましたが、先生はもともと短気なお方ですし、それに最近は血圧も高くて薬を飲んでいるので、再び昨晩のようなことが起きると、先生のお体にも差しさわりがございますので、岬記者に、屋敷への取材をお辞めいただくように社長さまからお伝えいただきたく参った次第でございます。突然お邪魔して、社長さまにこんなことを申し上げるのは大変失礼なことだと存じますが、社長さまにお願いするしかございませんので、何とぞよろしくお取り計らいのほどを」

家政婦は縷々《るる》申し述べると、芝崎に向かっ

て上半身を折り曲げ恭しく頭を下げた。

「そうでしたか。お話しいただいたことは十分に承知いたしました。谷本先生や家政婦のあなたにご迷惑を掛けぬように、岬記者に私なり、編集局長から言い聞かせておきますので、谷本先生にもよろしくお伝えください」

芝崎は改まった口調で返答したが、胸中は穏やかではなかった。血気盛んな岬が、黙って引き下がったことに不安を覚えた。

《あの君のこっちゃ、記事で谷本先生にきっと仕返しするわ》

正月に谷本自身が、岬のことで苦情を言いに社長室へやつて来た時は、あえて聞き流して編集局長の大西の耳には入れなかったが、そのことが結果的に裏目に出たとあって、今度ばかりは、大西を通じて、岬が取材で谷本の屋敷を訪れることを禁じなければならぬと思った。

「あの、社長さんは奥吉野のお生まれだと、谷本先生からお聞きしているのですが」

家政婦は首を少し傾げて芝崎に尋ねた。

「そうですが、ふる里はダムの底に沈んでしまいました」

芝崎は眼鏡の奥に寂びしそうな笑みを浮かべた。

「社長さんは谷本先生と同じ旧制中学の後輩で、岐阜の薬専を卒業された後、吉野の薬局のご養子になられたそうですね。ご商売に熱心でお店を繁昌させ、また、その傍ら勉学にも励まれて博士号の学位を取得するなど、大変な努力家でもあることから、大和日報の経営の立て直しに社長に迎えられたんだと、谷本先生は家政婦の私に自慢そうにおっしゃられています」

家政婦は真顔で、じっと芝崎の表情を見守っている。

「大先輩の谷本先生に褒められて光栄の至りですが、東京帝大を卒業され、高級官僚から参議院議員へと立身出世された谷本先生の足元にも及びませんわ。わっはは」

先輩風を吹かし、何かと煙たい存在である谷本から褒められていることを知らされ、芝崎は面映ゆかった。

「ところで、社長さんは養子に入られ芝崎の姓になられたそうですが、元の姓は何とおっしゃられるのでしょうか」

家政婦の言葉に芝崎は怪訝な顔をしたが、さらりと応える。

「旧姓は山中です。山中賢三、これが私の本名です」

「まあ……」

家政婦は驚きの声を上げると、まじまじと芝崎の顔を見た。

「何か」

家政婦の驚いた様子に、芝崎は首を傾げた。

「社長さんは、山中家の賢三さんだったのですか。谷本先生から、社長さんのことについて色々お話しを伺い、もしやと思っていたのですが、やはり、山中家の賢三さんでしたか」

家政婦は目元に笑みを浮かべ、ふっくらと白い頬を紅潮させ何度もうなずく。

芝崎は何が何だか分からなかった。

「賢三さん、私は千代です。寺の娘の千代ですよ」

　家政婦の黄色い声が弾んだ。

「千代、寺の娘の千代……」

　芝崎は小声でつぶやいた。

　それは、彼の心の底に刻まれた、遠い昔の恋しい人の名前だった。

「村を離れて四十年にもなりますし、遠い昔のことなのでお忘れになられたかと思いますが……」

　家政婦は芝崎の顔色をうかがいながら、ためらいがちに小声で言い添える。

「いいえ、幼いころ一緒に遊んだ寺の千代さんのことは覚えています。あなたが、その千代さんですか」

　芝崎はきょとんとした顔で尋ねた。

　家政婦は微笑みながら小さくうなずくと、今日に至った己の境涯について手短に語った。

　それによると、十五の春に寺の住職をしていた父親に連れられて村を去った千代は、奈良の父親の親戚の家の離れを間借りして新しく生活を始めた。

　父親が同じ宗派の寺の雇われ坊主として、葬儀の経読みを手伝ったり、春秋の彼岸に檀家回りをしたりして糊口《ここう》を凌《しの》いでいたが、間借りの家賃も十分に払えないなかで、いつまでも親戚の好意に甘えているわけにはいかなかった。

　そこで、千代は近くの谷本参院議員の屋敷に女中奉公に通うようになった。

　そして、二十年ほど前に谷本の両親が亡くなった後は、住み込みの家政婦として留守を預かっており、老いた父親は寺男として大きな寺に寝泊まりしているとのことだった。

芝崎は、身の上話を終えて退室する家政婦の千代を一階の玄関先まで見送った。そして再び二階の社長室に通じた玄関わきの階段を、下うつむき重い足取りで上り始めた。

部屋に戻った芝崎は専用のソファに再び深々と腰を下ろし、目を閉じた。

まぶたの裏に、川遊びをしたり、山野を駆け回っていた活発で、くりくりした目をした千代の童顔が浮かぶ。

白いブラウスに紺のモンペ姿で風呂敷包み胸に抱き、村の人々に別れを告げて父親の尻に付いて乗合いバスに乗り込む、お下げ髪の千代の寂しそうな横顔が……。芝崎は薬専への進学を控えた十八で、三つ年下の千代は十五の春だった。

〽山には山の愁いあり
海には海の哀しみや
芝崎は我知らず、蚊の鳴くような声で〈あざみの歌〉を口ずさんでいた。

夢のように、はかなく過ぎ去って行った十代の初恋にほろ苦い感傷を覚えながら…

空回り

うだるような真夏の暑さから解放され、大和盆地に涼しい秋風が吹き始めると、選挙まで残り十カ月となった次期参院選を巡って、改選を迎える現職の谷本下ろしの動きが民自党県連内部で活発化してきた。

引退する意思が見受けられない谷本自身の態度表明を待っていては、世代交代を期待する県民世論に背を向け、時間切れで谷本を公認候補として受け入れざるをえなくなるからだ。

県会議長であり、民自党県連会長である鬼貫は、長老の谷本を引退に追い込もうと、遅ればせながらも新人の候補者擁立へ本腰を上げた。

鬼貫は、民自党県議団の中にあって切れ者として評判の中堅の県議、一言居士《いちげんこじ》として知られた古参の県議の二人に的を絞って擁立交渉をひそかに進めた。

二人は旧大野派の主要メンバーで、中堅の県議は大野の懐刀で、古参の県議の方は大野派の番頭格だった。

鬼貫にしてみれば、己の存在を快く思わない旧大野派の主要メンバーを参議院選挙の候補者に擁立することで、参議院議員として二十数年も年を重ね、古希を過ぎてもなお国政へ意欲を燃やす谷本へ引導を渡すことが出来た。

それればかりか、県議会での自身の足場をより強固なものになるとあって、まさに一石二鳥だった。

　鬼貫は目星を付けていた旧大野派の中堅、古参の県議を個々に県会の議長室に呼んで次期参議院選挙への立候補を打診したほか、二人の有力な支援者にもひそかに接触し、側面からも働きかけた。

　現職の谷本に代わる新人擁立に向けての動きは、すぐに岬の耳にも入った。

　次期選挙に関する谷本の意思を確かめようと、夜分に屋敷へ夜討ちの取材を掛け、腹を立てた谷本からコップの水を掛けられた岬にしてみれば、意趣晴らしに民自党県連の新人擁立への動きを大々的に書き立て、谷本を引退へと追い込みたい気持ちだった。

　だが、おいそれと飛びつくわけにはいかなかった。

　谷本下ろしの先頭に立ち、しゃかり気になっているのが、憎たらしい鬼貫だったからだ。

　それに、新人擁立交渉が成功して谷本を引退に追い込めば、世代交代を求める県民の間で、民自党県連会長としての鬼貫の株は上がるし、県会議長の座は不動のものになるに違いなかった。

　岬は、鬼貫のために記事で片棒を担ぎたくはなかった。

　その一方で、高齢にも拘わらず、国会議員の地位にしがみついている谷本が、民自党の公認候補としてすんなり再選されるのはしゃくでたまらなかった。

　夜討ちの取材をかけて、谷本からコップの

水を浴びせられた一件が苦々しく思い出された。

蒸し暑い週末の夜だった。

岬は明かりの灯った屋敷の門前で、東京から帰省してきた谷本を待ち受けていた。

一年足らずに迫った、次期参議院選挙に関する胸の内を聞かせてもらおうと――。

岬が黒塗りの乗用車から下り立った谷本に歩み寄り、大和日報の県政記者と名乗った上で、次期参院選挙への立候補の意思を質したところ、谷本は「こんな所で立ち話も出来ないので」と岬を屋敷内に招き入れた。

待ってましたとばかりに、岬が玄関に入ったところ、革靴を脱いで上がり框《かまち》に立った谷本は「次の選挙については、いずれ時期が来たら県庁で記者会見するから、今日の所は悪いが引き揚げてよ」と、木で鼻をくったような断りの返事だった。

だが、それで引き下がるような岬ではなかった。

むっとした表情で食い下がった。

「谷本議員、選挙まで一年足らずですよ。いずれ時期が来たらということはないでしょう。高齢の身だが、政治家としてやり残したことがあるので、次の選挙も立候補する。ご自身がそう考えているのなら、この場ではっきりおっしゃつたらどうですか」

谷本は険しい目付きで一瞬、岬の顔を睨みつけたが、何も応えなかった。

素知らぬ顔で、傍らの女中にコップに水を入れて持って来るように言い付けた。

岬は少しほっとした。

谷本が渇いたのどを潤し、気を鎮めてから、何らかの返答をするものと思ったのだ。

ところがどっこい、とんだ見当違いだった。

谷本はガラスのコップを右の手に握ると、眉間にしわを寄せ「夜分に断りも無く屋敷へやって来て、わしに説教するとは生意気な！ 貴様みたいな無礼な記者は、週刊誌の記者にもいないわ。とっとと帰れ！」と、しゃがれ声を震わせながらコップの水を岬にぶっ掛けたのだ。

岬の日焼けした顔が青ざめ、一瞬棒立ちになった。

水は岬の顔には掛からず、灰色のズボンのすそと革靴の先の部分を濡らしただけだったが、上品で紳士と評判の高い谷本の凄まじい見幕に、向こう意気の強い岬も気押されて、文句の一つも言わずに退散した。

谷本の屋敷から、徒歩で十数分ほどの民家の下宿に戻った岬は、銭湯にも行かずに薄い敷布団の上に横になったが、取材先で初めて味わった屈辱に、悔し涙が溢れて眠れなかった。

芝崎に呼ばれて、岬が社長室を訪れたのは翌日の夕刻だった。

芝崎は家政婦の千代から聞いた話を岬にしながら、谷本の屋敷への取材を自重するように促した。

岬は、芝崎の旧制中学の先輩が谷本で、谷本から頼まれればなかなか否とは言えない間柄であることを薄々感じていたので、反論はしなかった。

彼自身、再び谷本の屋敷を取材で訪れる気はさらさらなかった。

ただ、県民によって選ばれた政治家として、国民が納めた税金から報酬を得て長い間国政に参画しながら、己自身が理想とする国家像や、その実現のために政治家として今日まで何をなしてきたかといったことを県民に対して率直に語ることもなく、国会議員の地位にただ恋々としている谷本の姿勢は、県民の一人として認めることはできなかった。

しかし、時すでに遅しである。

年初以来、県下の有力な支援者である市町村長や地方議員、実業家などに精力的にあいさつ回りを続けている谷本は、引退を望む鬼貫ら民自党県連の意向などどこ吹く風と、五期連続当選を目指して次期参議院選挙に着々と体制固めを図っていた。

このため、鬼貫から参議院選挙への立候補を要請された旧大野派の県議二人も難色を示した。

仮に新人として民自党の公認が得られても、現職の谷本が立候補すれば保守分裂の選挙となり、出遅れから当選を果たすのは厳しい状況だった。

そればかりか、まかり間違えば野党に漁夫の利をさらわれ、保守の指定席とされてきた参議院地方区の議席を失うことにもなりかねなかった。

鬼貫は粘り強く説得工作を続けたが、結局は不調に終わった。

翌年の夏に予定された参議院選挙は、世代交代ムードをはねのけた谷本の五期連続当選が濃厚となった

また、木村が保守系知事としては全国初となる、七選を掛けた次期知事選も一年後に迫ったが、表立った動きは見られなかった。

深い川は静かに流れるというたとえではないが、木村が満々たる意欲と自信を胸に秘め、粛々と県政を推し進めていた。

一方、世の中は石油危機という未曾有の経済的混乱に見舞われ、国民は師走を迎え右往左往していた。

石油危機は、アラブ産油国の原油生産削減と価格の大幅な引き上げが引き金となって勃発したのだが、国民の暮らしを直撃し、全国各地でトイレットペーパーなどの買いだめ騒動が起きていた。

新聞の用紙も高騰し、そのあおりを受けた大和日報は、広告収入の大きな柱として毎年五十ページほど編集している、正月の特集号を大幅に減ページとせざるをえなかった。

恩讐を越えて

木村の有力な対抗馬と目される奈良市長の

中沢の方は、宿願である中国西安市との友好都市提携が、日中両国の国交正常化をてこにして秋に本決まりとなり、知事選出馬どころではなかった。

年が明けた昭和四十九年二月には、中沢を団長とした奈良市の訪中団が西安市を訪れて友好都市宣言が行われることになっていた。

各界の代表からなる十数名の訪中団のメンバーに、大和日報の芝崎も報道界を代表して名前を連ねていた。

芝崎は訪中団のメンバーとして、秋から暮れにかけて市役所を度々訪れた。

そして、訪中団の会議や打ち合わせが終われば、市長室で中沢と二人だけで懇談した。

芝崎の目的は、知事選へ腰を上げる気配が見えぬ中沢の尻を叩くことだった。

芝崎自身も、中沢の知事選出馬へ向けてひそかに手はずを考えていた。

大和日報の社長就任から満十年を迎える、今秋の十一月に予定された記念の祝賀会を、自分のためでなく、中沢の知事選出馬へ向けての大きな節目にしたいと目論んでいた。

中沢一人に発起人となってもらって、祝賀会を中沢の知事選へ向けての事実上の決起集会にする腹積もりだった。

「市長、念願の西安市との友好都市提携が実現した暁には、いよいよ知事選ですな。奈良の市民も皆、そう思うとりますよ」

芝崎は中沢の顔を下からのぞき込みながら、執拗に知事選出馬を促したが、中沢の応えは決まっていた。

「社長さんのお気持ちはありがたいですが、

市民の皆さんにお約束した、新しい市庁舎の建設にめどが立っていない現状では、そうは参らんでしょう」

申し訳なさそうな顔をしながらも、素っ気ない返事だった。

「市長、新庁舎を建てるために、奈良阪開発に難癖をつけて妨害している木村知事に代わって、あなた自身が知事になられるのを奈良の市民は望んでおられると思いますが……」

芝崎が押し込んでも、中沢は「そうですかねえ」と微苦笑するだけで、糠《ぬか》に釘といった具合だった。

中沢の頭の片隅に知事選出馬のことはあるが、そんなことよりも、歴史的因縁で結ばれた奈良市と西安市との、千数百年ぶりの友好都市提携を市民レベルで如何に深めていくかということに心を傾けていた。

第二次大戦で亡くなった日本の英霊の方々と、日本軍との戦いで戦死した中国の人々も共に祀る「敵・味方供養塔」の建立はその一つだった。

豊臣秀吉の朝鮮出兵の際、薩摩の島津義弘が討ち取った敵の首《しるし》をあげて帰国し、味方の戦死者の霊とともに、弘法大師が開基した紀州の高野山に供養碑を建てて祀ったという故事に倣《なら》ったものだった。

中沢は市長に就任してほどなく、薬師寺や唐招提寺といった古刹《こさつ》が甍《いらか》を競う西の京地区に市営の慰霊塔公園を建設し、第二次大戦で戦死した奈良市出身の英霊の名前を刻んだ慰霊塔を建立してお祀りしていた。

そして、西安市との友好都市提携が実現した暁には、記念に「敵・味方供養塔」も公園の一角に建てることにしていた。

事前に計画を知らされた芝崎は、市長に初当選した中沢が市内の右翼団体の若者に襲われたことを想い起し、「日本人の英霊を祀ることはともかく、中国人の戦死者の霊も一緒に祀るとなれば、右翼団体が黙っていないと思いますが…」と懸念した。

だが、中沢は芝崎に諭すように語り掛けた。

「社長さん、日本人、中国人といっても、この地球上に命を共に授かり、しかも、歴史の絆《きずな》で結ばれた人間同士じゃないですか。お互いに平穏で、心豊かに人生をそれぞれ送れたら、それが幸せというものではないでしょうか。それなのに、国同士が事を構えて、国民を戦争に駆り立て、武器を手に互いに殺し合う——。社長さん、お互いに殺し合いをしなくても、遅かれ早かれ人は死んで行くのです。時を同じくして地球に生を受けた者同士が、互いの命を奪いあう戦争ほど不幸で、愚かなことはないですよ」

中沢は熱っぽい口調でさらに語り続ける。

「私は地球上に、永遠の平和が訪れることを心から願っておるのです。そのためには、戦場で不幸にも命を落とされた方々を、敵も味方も無く、恩讐を越えて、共にお祀りして祈りを捧げることが、世界平和を招来する道であると信じているのです。私はそうした意味で、敵・味方供養塔の建設は古都奈良にふさわしい心の行政であると思っています。日本の英霊のみをお祀りしていると、また必ず不幸な戦争が起こります」

中沢は、敵・味方供養塔の建設について自らの想いを滔々《とうとう》と語った。

芝崎は異を唱えなかった。

むしろ、中沢の人間として、政治家としての器量の大きさに感嘆し、心配事が杞憂に終わることをひそかに念じた。

密約

石油危機が収まらぬ中で昭和四十九年を迎えた。木村の七選を焦点とした次期知事選まで一年を残すだけとなった。

大和日報の元日号の一面トップは、もちろん一年後に迫った次期知事選を展望した記事で、県政担当の岬が書いたものだった。

記事では、奈良阪の開発を巡って、木村に首根っこを押さえられた奈良市長の中沢が、二月に予定された中国西安市との友好都市提携が実現すれば、奈良阪開発を推進するために知事選へいよいよ決起するという市議や有力者の見方や、中沢知事の実現を待望する市民の声を紹介していた。

　年始の挨拶で知事公舎を訪れた県会議長の鬼貫は、有権者が圧倒的に多い県都の奈良市での中沢知事待望論を憂慮して、木村に奈良阪開発を許可するように暗に求めた。

　それに対して木村は、奈良阪開発に対する知事としての苦衷を鬼貫には率直に打ち明けた。

「県会議長が、私と中沢市長との間を色々と心配してくれる気持ちは有り難いが、私は、中沢市長の進退を邪魔立てするために、奈良阪の開発許可を渋っているのではありません。新しい市庁舎の建設を待ち望む奈良市民のために許可したいと思っていますが、保安林に指定された山林が削り取られ、住宅地になることで、大雨が降った場合に、ふもとの集落へ被害を及ぼさないか。或いは、住宅地からの生活排水が、下流の京都府側へ影響を及ぼさないか、そういったことを考えると、簡単に即断できないのですよ」

　一方、知事選へ向けて県民から去就が注目されている中沢は、二月一日、中国西安市で同市と奈良市との友好都市提携が正式に実現し、奈良へ帰って来ると「敵・味方供養塔」の建設を柱とした西安市との友好促進へ没頭した。

　西安市との友好都市提携が実現した暁は、次はいよいよ知事選へ立ち上がると予想していた市民は、知事選出馬のことなど眼中にないといった中沢の態度をいぶかった。

　そのことは、奈良阪開発で木村と中沢がひそかに取引し、県が開発を認める代わりに、中沢は知事選に出馬しないことになったという、黒いうわさとなって流布《るふ》した。

二月末の県会で野党議員の旗頭である福沢が、奈良阪開発をめぐる黒い密約説を早速取り上げて木村に質した。

次期知事選が現職の木村と中沢による保守分裂選挙になることを想定し、その間隙を突いて古都に革新県政を樹立しようとしている福沢らには、両者の密約は単なるうわさではあっても気がもめる話だったのだ。

「奈良市の奈良阪開発に関しては、久しく懸案の課題となっていますが、最近、この問題について知事と中沢市長の間で密約が交わされたとのうわさが県民の間で流れています。木村知事も耳にされているかもしれませんが、うわさというのは、次の知事選挙に中沢市長が立候補をしない代わりに、奈良阪の開発を県が許可するということなのでございます。清潔な人柄で知られた知事さんが、そんな密約を交わすことはありえないと、私自身は思っているのですが、県民や奈良市民の疑念を晴らすために、そういう約束が交わされたのかどうか、知事自身の口からご答弁を頂きたい」

福沢は、癇癪《かんしゃく》持ちの木村を怒らせるために、ねちっこい口調で嫌みたっぷりに質問した。

知名度の高い前国会議員を候補者として擁立することを決定し、選挙準備を整えている福沢ら革新陣営にしてみれば、緑の保全という立場から奈良阪開発に反対していたし、ましてや、開発許可を取引材料に保守分裂が回避されることは許しがたいことだった。

　答弁に立った木村の表情はこわばり、尖った視線が眼鏡越しに議席の福沢を睨みつけていた。

「奈良阪の件で、私と奈良市長が密約を交わしたというわさが流れているとの福沢議員からのご指摘ですが、奈良阪の問題は、議員もご承知のように風致審議会でいろいろご検討をして頂いているところであり、審議会を頭越しに知事の私と奈良市の市長がどうこうといったことは、ありえないことです。ましてや、次の選挙で取引するなんて、県民や市民を愚弄するようなことが許されるわけがないじゃないですか！　そんな根も葉もない、悪意に満ちたうわさを本会議場で取り上げるとは…質問者の知性と品格を疑います」

〈瞬間湯沸かし器〉の異名を地で行くように、木村は早口でまくし立てると、憤然として壇上から下りた。

　福沢が口元に笑みを浮かべて立ち上がり、議席から再び質す。

「知事が私自身の人格をけなされるのは大いに結構ですが、私は県民から選ばれた議員として、県民が疑問を抱いたことに関して、県民の総意によって知事の職にあるあなたに答弁を求めたのであります。賢明な知事には、その点はご理解頂けるかと存じます。わたし自身、うわさを事実と受け止めている訳ではありませんが、そういううわさが県民の間に流される要因は、知事自身の姿勢に有ろうかと思います。奈良阪の問題が提起されて久しいですが、この問題について知事の毅然たる態度なり、考えをわれわれは一度も聞いたことが無いのであります。郷土の自然と緑の防《さき》人《もり》を自任する知事としては、奈良阪の自然は当然保存すべきだと思うのに、国に補助してもらい、これを買い上げるといった動きが今日までまったく見られないのは、一体どうしたことなんですか！　県民は不思議がっていますよ。知事！　県民の疑問に応えて下さい」

福沢が、どうだと言わんばかりの顔をして議場を眺めまわし、悠然と腰を下ろす。

議場はしんと静まり返り、議員の視線が向かい合った理事者側の最上位に座った木村に注ぐ。

木村はうつむき加減に両目を閉じていたが、おもむろに右手を挙手する。そして、議長の鬼貫から指名を受けると、すぐそばの演壇に登った。

「奈良阪の自然を保存すべきだという、議員のご意見はしかと承りました。奈良阪の緑を守るということからすれば、一指も触れないことがよろしいのでしょうが、そうは参らぬのでございます」

木村は、議場の後方の議席にでんと座っている福沢を見据えながらきっぱりと言った。

議場は静まり、議員たちは議席から身を乗り出し、固唾を呑んで壇上の木村を注視した。

木村は一呼吸おいた後、答弁を続けた。

「議員も御承知のように、奈良市が市庁舎の建設資金の大部分を、奈良阪開発で得た利益で賄おうとしているので、奈良阪の開発事業が推進されないと、市民の税金や負担で庁舎を建てなければならなくなるんです。だから、私自身も、杓子定規《しゃくしじょうぎ》に判断することもなかなか参らぬのでございます。しかし、いずれにしても風致審議会の結論を早く出して頂き、県としても最終的に判断したいと思っています」

平静さを取り戻した木村は淡々とした口調で応えたが、福沢は議席から立ち上がりしぶとく食い下がる。

「自然や緑の保全という、県の考え方からすれば開発は認められないが、奈良市が庁舎建設資金の財源にしているので、不許可に伴う市民への負担を配慮すれば、県として開発を認めざるを得ない。知事の答弁を聞いて、私は左様に受け取りましたが、それでよろしいでしょうか」

「私としては、環境の保全、緑を残すという考え方を堅持しながら、許される範囲で開発を認めたらどうかと思っています。その意味では著しい自然環境の破壊は絶対に起こさない積もりですし、奈良市長もそう考えていると、私の方も承知しています」

木村は、次期知事選の動向を左右しかねない県政上の最重要課題として、県民が成り行きを注視している奈良市の奈良阪開発に関して、条件付きで開発を認める意向を初めて公の場で明らかにした。

だが、保守系の知事としては全国で初めてとなる、七選が掛かった次期知事選に関しては、与党議員から七選出馬を強く促されても、その意思を公式には明らかにはしなかった。

また、県議会の後を追って奈良市の三月市議会が開催されたが、木村の対抗馬に挙げられた市長の中沢も、自らの進退に触れることはなかった。

桜の季節と共に新しい年度がスタートした。

県民の最大の関心事である知事選は十カ月後に迫ったのに、木村の対抗馬と有力視されている中沢は、出馬へ向けて腰を上げる気配がなかった。

芝崎は、誠実で大らかな人柄と奇抜な施策で県都の市長として人気の高い中沢を知事選に担ぎ出し、阪奈和合併を渋る木村県政を打倒するという望みを断たれたような気がしていた。

木村に代わる中沢新知事の下で、自身は〈影の知事〉として阪奈和合併を主導し実現するという、大和日報の社長就任以来の大望が夢と消え失せるのかと思うと、還暦を前にした芝崎は暗澹とした気持だった。

そんな芝崎に追いうちを掛けるように、石黒の悲報が舞い込んだ。奈良公園の桜が散り始めた四月半ばのことだった。

石黒は、鬼貫の息が掛かった大和新聞の元日付に「七選思うべからず」という長文の社説を掲載し、長年の盟友で、七選を窺う知事の木村を諫めるとともに、自らも新聞記者として筆を折ることを宣言した後、客員論説委員として籍を置いた大和新聞はもとより、県の審議会の委員も辞して奈良市内の自宅に引きこもっていた。

趣味の読書に明け暮れし、晩酌を楽しみにしていたが、若い時分からの酒好きが災いしてか、体調を崩して二月末から風邪で寝込んでいた。そして、容体が回復せずに病院に入院していたが、肺炎を併発して亡くなった。享年六十三歳だった。

石黒は農家の小作人の家に生まれ、戦前の若い時分は、貧農の家に育った哀しみを怒りに変えて農民運動に身を賭してきた。

戦地から復員した戦後は、古都奈良の地で新聞記者として文字通りペン一筋に生きてきた。

地元紙である大和日報の論説主幹となった石黒は、同じ農村の出身で古都の自然と歴史をこよなく愛する木村知事に共感を覚え、日報の一面に日々執筆した保守色の強い骨太な論説を通して、県政のご意見番として重きをなした。

また、石黒は読書家としても知られていたが、少年期から愛読していたのは、貧しい農村の暮らしを描いた長塚節の長編小説「土」であり、彼の短歌も愛誦してやまなかった。

自宅で営まれた石黒の葬儀には、芝崎はもちろんのこと、知事の木村も多忙な公務の合間を縫って参列した。

石黒の死は、芝崎にとっては、廃刊の危機に遭った大和日報の経営に共に参画し、手を携えて再建への茨の道を乗り越えてきた同志との最後の別れだった。

読経の流れるなか参列者の焼香を迎え、真っ先に木村の名前が呼ばれた。続いて芝崎の名が呼ばれた。

うつむき加減に焼香台の前に立った喪服姿の芝崎は顔を上げ、正面の祭壇に飾られた石黒の遺影を眼鏡越しにじっと見つめた。

分け目もつけずに、後ろに撫で上げた黒々とした頭髪の下に、酒焼けした広い額と笑みを浮かべた、懐かしい石黒の四角い顔がそこにあった。

芝崎の脳裏に、副社長として新聞の編集部門を束ねる石黒の、取締役解任を目論んだ決算取締役会で、石黒が自ら退任を申し出た時の光景が忽然とよみがえった。

社長として、石黒の退任を言い出しかねている芝崎自身の胸中を察して、石黒が大和日報の将来の発展のために捨て石になると、自ら退任を申し出たのだ。

遺影の中の安らかな笑顔に、決算取締役会で淡々と退任の弁を述べた、あの時の石黒の顔を芝崎は思い浮かべた。

《副社長、あんたと出会えてよかった》

芝崎は線香を手向け、遺影に向かって深々と頭を垂れた。

嵐の前

古都の春を彩った桜の季節が過ぎ、爽やかな緑風が駆け足の如く吹き抜け、うっとおしい梅雨を迎えようとしていた。

折りから参議院選挙が公示となり、七夕の七月七日の投票日へ向けて、全国各地で激しい舌戦攻防が繰り広げられていた。

定数一議席の奈良県選挙区では、党内の世代交代論をはねのけた民自党の現職、谷本が五期連続当選を目指して優位に選挙戦を展開していた。

大和盆地は連日、選挙カーが候補者の名前をマイクで連呼しながら駆け回っていた。

傍らの田んぼでは、六月十五日から始まる吉野川分水の通水を前にして、農家の人々が耕運機で代掻《しろ》きを行うなど、田植えの準備に追われていた。

大和日報の県政記者である岬は、勝敗の帰趨がほぼ明らかになっている参議院選挙よりも、正副議長ポストをはじめとした議会役員の改選が行われる六月県会が間近とあって、じっとしてはいられなかった。

六月県会は、理事者側からのめぼしい提出案件はなく、県会議員諸氏が、ポスト争奪を巡ってドタバタ劇を繰り広げる、年に一度の〈お祭り〉みたいなものだ。

ところが、ポスト争奪へしのぎを削る過熱した舞台裏で、議員個人のスキャンダルが取り沙汰されたり、不正な行為が委員会で公然と取り上げられた。

九年間、県会議長の座にあった大野の十選を阻止するために、県会の一匹狼である鈴木が、大野の番犬である虎島を標的に委員会で爆弾質問を行ったのも三年前の六月県会だった。

鬼貫の議長三選が焦点となった今年は、大所帯の民自党県議団の中に対抗馬が見当たらず、鬼貫の三選は揺るぎない情勢だった。

鬼貫が議長に就任以来、一度も議長室を訪れたことがない岬にははなはだ面白くなかった。

芝崎も思いは同じだった。

旧制中学の大先輩である谷本の五期連続当選が確実視される現下の参議院選挙よりも、関心事は六月県会の動向だった。

鬼貫の議長三選がすんなりと決まることは、保守系の知事としては全国初となる木村の七選に大きく道を開くことになるからだ。

奈良市長の中沢を八カ月後に迫った知事選に担ぎ出し、木村県政を打倒したいという執念に取りつかれた芝崎は、六月県会の議長選挙を巡って、木村を背後で支える民自党県議団の結束に亀裂がいることを心ひそかに願っていた。

芝崎は、議長選挙に民自党県議団から鬼貫の対立候補を擁立するために、誰はばかることも無く、平然と鬼貫の悪行を口にする鈴木の力を借りようと思った。

しかし、その鈴木に対して鬼貫の魔の手が既に伸びていた。

六月の半ば、記者クラブを出た岬は久しぶ

りに県議会棟の鈴木の部屋へ向った。

県会の開会を前にして総務警察、建設など常任委員会が散発的に開かれていたが、小雨のそぼ降るこの日の午後は委員会も予定されていなかった。

記者クラブのある県庁舎の五階から、階段伝いに一階へ下りて行く岬は、グレーのズボンに白い半袖のワイシャツ姿だ。

ワイシャツの胸のポケットから薄いメモ帳と黒のボールペンがのぞいている。

県庁舎と隣り合った裏手の玄関から議会棟に入った岬は、すぐ近くにある鈴木の小部屋へ直行した。そして、通いなれた気安さから、ノックもせずに部屋の扉を開けた。

部屋の中には男の先客がいた。

戸口に背を向け、奥のいすに腰掛けた薄茶の背広を着た鈴木と円いテーブルを囲んでいたが、驚いたように部屋の入り口の方を振り向いた。

うろたえたような男の表情に、岬はおやっと思った。

こざっぱりとした生成《きな》りの背広姿の色白で小太りの男は、鬼貫の取り巻きの新人の県議だった。

年は三十代の半ばで、民自党の県会議員だった亡き父親の後を継いだ土建屋の二世議員だ。

議長の鬼貫の前で額のはげ上がった丸い頭をぺこぺこ下げ、ご機嫌取りに熱心なことから〈ごますり〉と、陰で呼ばれていた。

また、選挙区が隣り合った鈴木にも腰を低くして愛想を振りまき、困ったことや悩み事があるとこっそり相談を持ちかけていた。

「また出直します」

岬は何となく気まずい雰囲気を感じ、真剣な目付きで自分の方を見つめている鈴木に向かって言った。

「すまんが、そうしてや」

鈴木が、眉間にしわを寄せ無愛想に応えた。

岬は静かに扉を締め、部屋を後にした。

《ごますりの奴、俺の顔を見て、びっくりしやがって。どうせ、ろくでもない相談事で、鈴木議員の部屋を訪れていたに違いない》

記者クラブに戻った岬は何気なくそう思った。

ところが、さにあらず、実は鈴木の議員生命に関わる重大事が話し合われていたのだ。

疑惑

常任委員会の一つである厚生労働委員会が開催されたのは、岬が鈴木の部屋を訪れた日から三日後だった。

委員会のメンバーには、鈴木や野党の旗頭の福沢らが名前を連ね、医療や福祉などの行政分野について審議を行っていた。

委員のなかでも重きをなしているのが鈴木だった。

県議初当選以来、十五年余りに渡って厚生労働委員会に籍を置くなかで、県立病院の薬品購入をめぐる医師と業者との癒着や県立医大の不正入学問題を取り上げるなど、爆弾質問で県当局を手厳しく追及してきたからだ。

このため、委員会の開催が近付くと、委員会での質問事項を事前に知らせてもらおうと、医療や福祉などを担当する部局の職員が議会棟の鈴木の部屋へ度々足を運んでいた。

厚生労働委員会は、午後一時から議会棟二階の委員会室で始まった。

横長の大部屋の板壁を背に委員長席が設けられ、民自党の古参議員の田中が座っている。すぐ後ろに議長室へ通じる小さな扉がある。

淡い水色の背広姿の田中は、大野が十選を目指した議長選挙の直前に、大野派から鬼貫が率いる反議長派へ寝返り、大野の十選を阻止した立役者だ。

以来、田中は鬼貫の側近の一人として、常任委員会の委員長ポストをあてがわれていた。

委員長席の田中の両側に委員のテーブルが並べられ、左手の窓側のテーブルの最上席に薄茶の背広を着た鈴木が、腕組みし、うつむき加減に両目を軽く閉じて座っている。

委員長の右手、廊下側の委員のテーブルの背後に設けた記者席からは目と鼻の距離だ。

記者席に詰めた岬は、鈴木の様子を眺めながら、どことなく普段とは違った雰囲気を感じていた。

岬はグレーのズボンに若草色のブレザー姿でノーネクタイだ。

春の人事異動で新しく任命された医療、福祉部門の幹部職員の紹介が行われた後、委員会の審議に入った。

「県当局に対して、ご意見やご質問はありませんか」

委員長の田中が、両側のテーブルに居並んだ委員十人の顔をゆっくりと眺めまわす。誰も挙手しない。

「ご意見、ご質問はありませんか」

田中が、少々甲高い声で委員に発言を促す。

「委員長！」

岬のすぐ斜め前の席にいる、グレーの背広を着た委員の一人が右手で挙手する。

鈴木と向かい合うように、廊下側のテーブルの最上席に座っている福沢だ。

鈴木と同じく厚生委員会の古くからのメンバーで、野党のリーダー格でありながら、議長の鬼貫とは浅からぬ仲である。

「福沢委員！」

名前を呼ばれた福沢が、下手に控えた部課長らの方にちらっと目をやり、のっそりと立ち上がった。

「委員長！　私がこれから申し上げることは、確たる証拠があってのことではございませんが、事実であれば、県政上において、極めて由々しきことでありますので、県当局にしかとお尋ねを致すのであります」

岬はどきんとした。

右手に鉛筆を握り締め、頭のてっぺんが薄っすらと禿げた福沢の後頭をきっと見つめている。

他社の記者たちも、福沢が一体何を言い出すのかと、固唾をのんで見守っている。

「私が申し上げるのは、県立医大の入試に関する黒いうわさでございます。あくまで、うわさではございますが、医大に対して多額の寄付をすることで、不合格を合格にしたというのであります。しかも、その仲介をしたのが県会議員だというのです。私どもの同僚が不正入学に手を貸すことなどは、全くありえないことで、たちの悪いデマやうわさに過ぎないと思うのですが、厳正かつ公正であるべき入学試験に関することでありますので、黙って見過ごすわけにもいかず、当局にお尋ねするのでございます。県当局は、斯様なうわさについて一体どのように思われているのか、その点について先ずお聞きしたい」

福沢は平然と言ってのけると、委員長席の田中の方を見ながらゆっくりといすに腰を下ろした。

段鼻をうごめかしながら得意満面の表情だ。

福沢の真後ろで耳を傾けていた岬は、予想もしてなかった爆弾質問に、頭を丸太ん棒でぶっ叩かれたような気がした。

募集定員が少なく、難関とされる県立医大の入試で、カネで合否が売り買いされ、その仲立ちを県会議員が行っているというのだ。

うわさとはいえ、岬をはじめとした県政記者たちにとっては青天のへきれきだった。

「委員長」

下手の理事者側で声がした。

挙手をしたのは、額がはげ上がった白髪交じりの厚生部長だ。

還暦を間近にしてそろそろ退職の時期を迎

えるが、中肉中背の体を地味な薄い鼠色の背広で包んでいる。

「厚生部長！」

田中の甲高い声が、静まり返った委員会室に響き渡る。

ほおを紅潮させ、厚生部長がいすから立ち上がる。

「福沢委員のご質問にお答え致します。県立医大の入試に関して、不正が行われているとのうわさがあるが、県当局としてどう思うとのことですが、私どもは、そんなうわさを耳にしたことはございません。入試は厳正、公正に行われており、そんな根も葉もないうわさが流れるのは、我々には全く理解出来ないことで、残念としか言いようがありません。以上でございます」

厚生部長は憮然とした表情で着席すると、すかさず福沢が挙手して立ち上がった。

「厚生部長としては、ただ今のように答弁するしかないと思いますが、医大の寄付金にまつわる不正入学に関しては、以前にも当委員会で取り上げられたことがあり、医大の学生たちの間でも一部でうわさされているのであります。しかも、不正入学がうわさされる学生が知事の後援会の関係者の子弟であったり、仲介者が有力県議であるといった憶測が流れているので、私自身、看過出来ぬ事態として重視しているのであります。事は木村知事自身の名誉にも関するものでもありますので、うわさの真相糾明に県当局として真剣に取り組むよう強く要請します」

福沢は、委員長席に座っている田中の顔を

きっと見据えながら着席した。

「うわさについて、県当局で調査するようにとの福沢委員からの要請ですが……」

田中が理事者側に答弁を促す。

厚生部長が挙手してゆっくりと立ち上がった。

「県の厳しい財政状況の中で、医大が学内の施設の整備充実を図るために、卒業生や入学者などに呼びかけて寄付金を募っていることは、私どもとしても承知いたしておるところでございます。しかし、高額な寄付金と引き換えに、不合格者を不正に合格させるようなことは、全くありえないことですが、委員の強い要請でもありますので、医大側に対して問い合わせ、調査したいと思います」

厚生部長はしぶしぶ調査を受け入れた。福沢が手を上げ、再び立ち上がった。

「厚生部長の答弁を了として、質問を終わりますが、調査の結果次第では、本会議で木村知事に直接質す所存であります」

福沢は声を弾ませできっぱり言うと、厚生部長の方をちらっと見やり腰を下ろした。

福沢の真向かいのテーブルでは、ゴリラの異名をとる鈴木は腕組みし、相変わらず黙然と両目を閉じている。

いすに深々と腰を下ろし、ふんぞり返っているいつもの尊大さは微塵も感じられず、まるで別人のようであった。

委員会が閉会すると、岬をはじめ県政記者たちは福沢の尻に付いて一階の野党議員の控え室へなだれ込んだ。

そして、県立医大の不正入学に関するうわ

さの詳細についてしつこく質した。

しかし福沢は、不正入学が行われたのが今年の入試なのか、それとも過去の入試なのかも明らかにしなかった。

また、不正入学を仲介したとうわさされる県議についても、確証がないとして口をつぐんで語らなかった。

好機到来

医大の入試を巡る黒いうわさは、大和日報の一面トップで報じられ、全国紙も県版の頭記事で大きく扱った。

翌日には、医大の学生の声や学内の動き、一般県民の意見などが続報として各紙に掲載された。

県下における反響の大きさに呼応するように、大和日報の県警担当記者からは、捜査関係者の《医大の不正入学に関するうわさに重大な関心を抱いている》という話が記事となって報じられた。

だが、捜査関係者以上に目の色を変えてい

たのが、かねてから木村県政を快しとせず、退陣へと追い込む機会をうかがっていた大和日報の社長、芝崎だった。

うわさとはいえ、保守系知事としては全国初の、七選へ向けて悠然と駒を進める木村の足元を脅かすような一大不祥事が、県会の委員会で取り上げられて新聞各紙で大きく報道されたのだ。

芝崎は出社すると編集局長の大西を社長室に呼び、医大の不正入学について「うわさが事実なら、人の命に関わる医師の免許をカネで売り買いするようなもので、社会的に糾弾されるべき犯罪的行為だ」として、真相解明へ徹底的に取材するように命じた。

また、午後には月刊誌〈風見鶏〉の小田を社長室に呼んだ。

かつて、大和日報の敏腕なサツ記者（司法・県警担当）として鳴らした彼を、わざわざ大阪から呼び戻して月刊誌〈風見鶏〉の発行責任者に据えたのも、難攻不落の木村県政にひとたびスキャンダルが持ち上がったなら、小田の取材力を駆使してセンセーショナルに書き立てるためであった。

そのチャンスがやっと巡って来たのだ！

芝崎は年がいもなく、武者震いをした。

「社長、これは大きな山（事件）かもしれまへんで。寄付金による裏口入学どころか、さんずい（汚職事件）だったりして」

社長室の応接のソファに背を丸め、細身の長身を折り曲げるようにして腰を下ろした小田が、白いワイシャツ姿で、斜め向かいの執務机に腕組みして座っている芝崎に向かって、尖ったあごをしゃくり上げる。

「さんずいって、一体なんのことや」

芝崎がぶっきら棒に尋ねる。

ネクタイをはずし、はだけた襟元から丸首の白い肌着がのぞいている。

「汚職事件ですわ。裏口入学の仲介人となった県会議員が、受験生の側から受け取った手数料や謝礼の一部が、大学関係者にも渡っていることも十分に考えられるということですわ」

薄茶のブレザー姿の小田がしたり顔で応える。

大阪でぶらぶらしているところを芝崎に呼び戻され、月刊誌〈風見鶏〉の編集と記事の執筆に当たるようになって二年になるが、司法担当の敏腕記者として名を馳せ、内勤の整理記者の経験も積んでいる身には、手に余ることはなく無難にこなしている。

「何！　県会議員だけでなく、県の職員も裏口入学に結託しとるんか！」

芝崎が眼鏡の奥の白目をむき、声高にわめき立てる。

「社長、まだ、そう決まったもんではおまへん。あくまで私自身の想像であって、調べてみんとはっきりしたことは言えません」

小田が色を変えて説明する。頭の髪はオールバックで、青白いこけたほおに赤みが差している。

「それじゃあ、君の方できっちり取材して、県民の最大の関心事である医大の不正入学のうわさについて、白黒をはっきりさせ、先ほども言うたように、七月号で特集記事として出すんだ。承知してくれるな」

芝崎は、小田の顔をきっと見据えながら改めて申し渡した。

「分かりました。取材して、事の真相を県民の前に明らかにしたいと思います」

小田は薄い口元を引き結び、うなずき返した。

「福沢議員には、僕の名前を出せば会って話を聞けると思うが、彼は鬼貫議長とも昵懇にしているので、その辺のことも十分に頭に入れといてや」

「分かりました」

目元が鋭く切れ込んだ、小田の細い両眼がキラッと光った。

同じころ、県会の議長室では新人の〈ごますり〉が鬼貫に対して平身低頭していた。

「議長さん、福沢先生に質問を取り下げるように言うて下さい。お願いします」

応接の三人掛けのソファの中央に、腰を浅く掛けた〈ごますり〉が、ガラステーブルに両手をついて深々と頭を下げる。

生成りの背広姿で、白いワイシャツに淡い水色のネクタイを締めている。

「君にそう言われてもなあ」

薄茶のダブルの背広をゆったりと着こなし、専用の一人掛けのソファにどっしりと座った鬼貫が、テーブル越しに頭を下げる〈ごますり〉を上目づかいに見ながら、気乗り薄な返事をする。

「医大には、わしよりも鈴木議員の方が顔が利くと、議長さんが仰るので、懇意にさせて頂いている大先輩の鈴木先生にお願いしたのに、こんなことになって…。それに、鈴木先生は、合格したら寄付は十分にさせてもらうと、大学の関係者に口利きはしましたが、生徒の親から謝礼は一銭も受け取ってませんのや。それに、医大の関係者にカネは渡しとらんと言うてはるんです。だから、本会議で知事さんに質問することを取り止めてくれと、議長さんから福沢先生に頼んでほしいんです。お願いします」

〈ごますり〉は必死の形相で懇願する。

禿げ上がった青白い額に玉の汗が浮かんでいる。

「君な、誤解せんといてや。わしは、医大には鈴木議員の方が顔が利くと君に言うただけで、試験に合格させるために、鈴木議員に口利きをしてもらえとは一言も言うとらんぞ。分かっとるな」

鬼貫が上半身を起こし、身を乗り出すようにして〈ごますり〉の顔を黄色く濁った白目を剥きだし見据える。

ダブルの背広の下はピンクのワイシャツで、花柄のネクタイをしている。

「議長さん、それは分かっています。だから、なんとか福沢先生の方にお願いします。でないと、鈴木先生が…」

色白の坊ちゃん顔が今にも泣き出しそうな表情だ。

「分かっとる。君や、鈴木議員の辛い気持ちは。でもな、わしが福沢議員に質問を取り止めるように頼んだら、わしまで、痛くもない腹を探られるし、議長が議員の質問封じをしたと、新聞でさんざん叩かれるに決まっとるやないか。そうなりゃあ、この部屋から出て行かなあならんし…　だから、君の達《たっ》ての頼みやけど、こればかりは勘弁してくれ。すまん！」

　鬼貫は〈ごますり〉に向かって詫びたが、天狗の面のような赤ら顔はどことなくよそよそしい表情だった。

鈴木の死

　岬が鈴木に会いに県会の控え室へ出向いたのは、医大の不正入学のうわさが取り沙汰された委員会から五日を経た、梅雨晴れの昼下がりだった。

　二日後には六月県会が開会するが、不正入学したのが木村知事の後援者の子弟で、口利きしたのが現職の県会議員とあって、真相の究明や本会議での木村の答弁に県民の関心が高まっていた。

　岬が鈴木の元を訪れようと思い立ったのは、会社の資料室で県政に関する過去の切り抜きを閲覧していたところ、鈴木が十年ほど前に委員会で医大の不正入学のうわさを取り上げ、県当局に真相の究明を迫っている記事を見つけたからだ。

今回と同じように、高額な寄付を大学へする見返りに、合格点に達していなくとも合格させるという内容で、仲介役は県の関係者とされていた。

岬は、鈴木に取材すれば疑惑の解明につながる糸口をつかめるのではないかと、期待に胸を弾ませながら控え室を訪れた。

だが、鈴木はあいにく不在で、小さな部屋には相棒の中年議員が来客と面談していた。

中年の議員の話では、鈴木は体調を崩して、委員会の翌日から県会へ顔を出していないとのことだった。

翌日の午後、岬は再び鈴木の部屋を訪れたが、この日も姿をみせていなかった。

吉野の芝崎の自宅に鈴木から電話が掛かってきたのは、県会の開会前夜だった。

奈良の大和日報本社から社長専用車で帰宅した芝崎は、ひと風呂浴びた後、畳敷きの六畳の茶の間で、紺の浴衣姿で遅い夕食を取りながらＮＨＫテレビの夜のニュースを見ていた。

「あんた、鈴木はんという方からですわ」

茶の間の食器棚の上に置かれた、電話の受話器を取った女房の房江が小声で芝崎に告げた。

「鈴木……」

芝崎は首を傾げ、つぶやきながら立ち上がった。

「もしもし、芝崎ですが」

　芝崎はしかつめらしい口調で応対に出た。

　電話の主に心当たりがない時はいつもこんな調子だ。

「社長はん、県会の鈴木です」

　電話の声はしんみりしていた。

「何や、君か！　久しぶりやなあ」

　芝崎が声を弾ませる。

「社長はん、夜分に電話して申し訳ないですが、長年親しくさせてもらった、新聞社の社長はんにだけは、本当のことを分かってほしいと思って、電話したんですわ」

　ぞんざいで、ざっくばらんな普段の物言いではなく、人が変わったような神妙な口ぶりだった。

「一体、わしに何を分かってほしいと言うんや」

　芝崎は訝しげに尋ねた。

「医大の不正入学の件ですわ。社長はんがオーナーをしている雑誌の記者が、わしに取材を申し込んできとるし、県警の方からも話を聴かせてほしいと言うてきとるんです」

「医大の不正入学の件で、風見鶏の記者が取材に？」

　芝崎は、何が何だかさっぱり理解できなかった。

「不正入学の口利きを、県会議員のわしがしたというんです。確かに、同僚の県会議員から頼まれて、この春に医大を受験した知事さんの後援者の孫さんについて、医大の関係者に口利きはしました。県会で昔、医大の不正入学を追及しただけに、全く面目がありません……。けど、社長はん！　わしは謝礼は一銭も受け取ってません。医大の関係者にカネも渡してまへん。ホンマです。信じて下さい。それに、高額の寄付をするんで合格させてくれとは、一言も言うとりません。合格ぎりぎりの点数なら、何とか配慮してほしいと頼んだだけですわ。せめて、昵懇《じっこん》にさせて頂いた社長はんだけには、このことを分かって頂こうと電話したんですわ」

喉の奥から絞り出すような、悲痛な電話の声だった。

「君の言うことは、よう分かった。わしから、記者の方に話をしとくよ」

「お世話を掛けますが、社長はん、よろしくお願いします」

鈴木はしみじみとした口調で電話を切った。

受話器を置いた芝崎は呆然として首うなだれた。

心配した房江の問い掛けにも、黙ったまま応えなかった。

床に就いても、電話の鈴木の声が耳元から離れず、何となく胸騒ぎがして眠れなかった。

翌日の昼近く、芝崎は厳しい表情で大和日報の本社に出社した。この日は、芝崎がひそかに腕を撫しながら待ち構えていた六月県会の初日だったが、芝崎を待っていたのは鈴木の訃報だった。

編集局長の大西の報告によると、鈴木は今朝方、家人が寝間を訪れたところ既に亡くなっており、死因は脳出血という。

また、遺体は家族の者たちで荼毘《だび》に付し、葬儀は生前の故人の意向で行わないとのことだった。

知事としての木村の責任追及を目論んでいる芝崎にとっては、医大の不正入学問題は願ったりかなったりのネタだったが、出鼻を打ち砕かれたような大きな衝撃だった。

白の半袖のワイシャツ姿にノーネクタイの芝崎は、執務机のいすにもたれ、両腕を肘掛けにだらりとのせたまま首うなだれ、数多い県会議員の中で唯一の親友であった鈴木の死を悼んだ。

そして、鈴木は病死ではなく自殺だと直感した。

薬学博士でもある芝崎は、悶々として眠れぬ夜を過ごしていた鈴木が、警察の事情聴取を苦にして睡眠薬などの薬物を多量に服用して自殺を図ったもので、昨夜の電話は、芝崎への永久の別れの挨拶であったと確信した。

《鈴木君は、木村知事から頼まれたとは言わなんだが、あの君のことや、男気を出して知事のために一肌脱いだんやろう。そして、医大の不正入学の仲介役としての汚名は、我が身一人のことと甘受するが、金銭的にやましいことは一切ないことを、大和日報の社長であり、月刊誌〈風見鶏〉のオーナーである、わしにだけは知っておいほしいと、死を前にして電話を掛けてきたんや》

芝崎はそう信じて疑わなかった。

そのことは、生涯己自身の胸に畳んでおこうと思った。

その一方で、芝崎の胸中には、知事の木村

に対する憎悪の念が渦巻いた。
後援者の依頼を受けた木村が、自分の手を汚さずに、親しい県会議員を介して鈴木に不正入学の口利きを要請したと、勝手に決め付けた。
《医大の不正入学問題の真相を暴いて、知事選へ出れんようにしてやる》
木村への敵意の炎が激しく燃え上がった。

諫言

鈴木の訃報が、県会開会の記事に関連して大和日報の一面の片隅に掲載されたその夜、岬は本社に程近い国鉄奈良駅前の居酒屋で、月刊誌〈風見鶏〉の編集長の小田と酒を飲んでいた。

六月県会は休会中で、岬は、五期目を目指す現職谷本が優位に立つ参議院地方区の終盤の選挙情勢を記事にまとめて出稿した後、県政記者クラブでごろごろしていたところ、久しぶりに小田から誘いの電話をもらったのだ。

「どうやね、医大の不正入学問題は……」

白の半袖のワイシャツ姿の小田が、カウンターに隣り合った岬に小声で話し掛ける。

大和日報で三年余りも警察回りをしていたころの名残か、やんわりと探りを入れるような口ぶりだ。相変わらずラフな風体で、襟元をはだけ、ノーネクタイだ。

「病気で亡くなられた鈴木議員が、不正入学の口利きをしていたという話を二、三の議員から聞きましたが、もしそうであれば、鈴木議員の死で一件落着ということになるんじゃないですか」

岬は素っ気なく応える。小田と同じ白い半袖のワイシャツに、グレーのズボンを穿いている。

「それじゃあ君、本会議で福沢議員が木村知事に対して、この問題を質すことはないというのか！」

小田は、岬の返事が気に食わないのか、盃を右手に持ったまま、むっとした顔で突っ込む。

通りを挟んだ駅前広場で、参議院選挙の最後の追い込みとばかりに、選挙カーが拡声器の音量を上げ、候補者の名前をけたたましく連呼している。

「福沢議員も不正入学を裏付ける、確かな証拠は握っていないようなので、本会議で取り上げることはないんじゃないですか」

岬は小田の意を介さず淡々と言うと、盃の酒をぐいと煽った。

「俺は、そうじゃないなあ。鈴木議員の死で、不正入学問題の疑惑はますます深まったような気がする。鈴木議員の死が本当に病死なのかどうか…　自殺ではないのかという気もするし、もしそうであれば、木村知事に累を及ぼさないために、自ら死を選んだとも考えられる」

　小田は右ひじをカウンターのテーブルにつき、尖ったあごを右手の親指と人差し指でまさぐりながら声をひそめる。

「先輩、そんな馬鹿げた話はしないでくださ い」

　岬が眉間にしわを寄せて口ごたえする。

　二人のテーブルには、つまみの焼き鳥や食べかけの冷や奴の皿が並べられ、空になった大ぶりな二合徳利が二つ転がっている。

「馬鹿げた話とは何だ！　失礼なことを言うな！」

　小田が左側に腰を掛けた岬の方に顔向け、声を荒げる。

「先輩が、不正入学問題に木村知事が関係しているかもしれんと言うからですよ。清潔で、誠実な人柄の知事が、県民から非難されるようなことをするはずがないじゃないですか」

　岬は酔いも手伝ってか、小田の方にちらちら目をやりながら負けずに言い返した。

　先輩気取りでいた小田には、後輩の岬の色をなしての反撃は予想外だったようだ。

　上まぶたの厚い細い両眼を大きく見開き、びっくりしたような表情で岬の横顔をまじまじと眺めた後、気を取り直して再び岬に語り掛けた。

「岬君な、君は大和日報の県政記者やが、年は若いし、新聞記者としての経験もまだまだ浅いから、木村知事が高潔な人格者に見えるのだろう。だがな、それは上辺だけだよ。きれい事だけでは、名誉欲や金銭欲に駆られた、一癖もふた癖もある議員たちを相手にしながら、権謀術数《けんぼうじゅっすう》の渦巻く県政界に、二十年以上も知事を務めることはできんわ。人格者の知事なら、一期務めただけで愛想を尽かし、さっさと知事の座を下りるんじゃないか」

小田は、岬に言い含めるように皮肉たっぷりに言った。

だが、純情な岬も、ひそかに敬愛する木村を俗人の如くけなされては、黙って聞き流すわけにはいかなかった。

「政治家を功利にたけた俗物とみるのは、余りにも大雑把《おおざっぱ》で一面的な見方だと僕は思います。先輩のおっしゃるような、そんな政治家もいるでしょう。県会議員の中には、そんな俗物が確かにいますよ。でも、多くの政治家は、世の中や人々の暮らしを思いやり、やむにやまれぬ気持ちで政治の道へ進まれたと、僕は思っています。日本人の心のふるさとである、奈良県の歴史と自然を後世に守り伝えようと情熱を傾けてきた木村知事や奈良市の中沢市長は、身近で取材してみて、本当に優れた人格者で、志の高い立派な政治家だと僕自身は思っています」

岬は断固とした口調で言い放った。

「まあ、君が木村知事や中沢市長のことをそう思うのは自由だが、俺は、医大の不正入学の件を取材して、木村知事には胡散臭いものを感じるんや。高額な寄付金と引き換えに合格したのが、知事の支援者の子弟であり、その仲介をした鈴木県議が急死した……。俺は、印刷に回したばかりの〈風見鶏〉の七月号の特集記事を急きょ書き換え、今日の昼に原稿を印刷業者へ渡したんやが、特集議事を読んだ県民がどう思うか、反響が楽しみやわ」

小田は小声だが、自信たっぷりに言う。

薄い口元に微かに笑みを浮かべている。

「えっ、不正入学問題を〈風見鶏〉の特集記事として取り上げているんですか」

岬が上半身を小田の方へ振り向け、素っ頓狂な声を上げる。

「そうなんや。芝崎社長から、県会の本会議が始まる前に発行するんじゃやと、えろう発破を掛けられてな。それも、役場や会社、事業所といった定期の購読者だけじゃのうて、県内の主な書店にも置いてもらうとかで、いつもの倍近い、一千部ほどを発行するというほどの、力の入れようなんだわ」

小田は意気揚々と語る。

「まさか、不正入学に木村知事が関係したようなことは書かなかったでしょうね」

岬が不安げな表情で尋ねる。

「断定的に決め付けはしなかったが、鈴木議員の謎の死に絡めて、知事の介在を匂わせたわ」

小田は目元に笑みを浮かべ、あっけらかんと言ってのけた。

「小田先輩！　あかんですよ！」

岬は思わず大声で叫んだ。

カウンター越しの調理場で、包丁を手にブ

リの切り身をさばいていた親父が驚いて顔を上げ、何事が起きたのかと、どんぐり眼をひんむいて岬の顔を見る。

「何があかんのや」

小田がむっとして聞き返す。

「何がて、確かな証拠がないのに、憶測で、木村知事が医大の不正入学に関係しているような記事を掲載したら、知事は黙ってはいませんよ。保守系知事としては全国初の七選を目指して、万全の構えで臨もうとしている知事が、黙って見逃すわけがないですよ。〈風見鶏〉の発行は停止となり、原稿を書いた編集責任者の先輩は名誉棄損で訴えられますよ」

岬は興奮気味に、正面を見据えたまま早口でまくし立てた。

「〈風見鶏〉の発行が停止され、編集責任者の俺が名誉棄損で訴えられる！」

小田が、険しい目付きで岬の横顔を睨み付ける。

だが、岬は委細構わず追い打ちを掛ける
「そうです。ひょっとすると、先輩は警察に逮捕され、ぶた箱（留置場）に入れられるかもしれませんよ」

岬は、わざと他人事のように冷たく言い放つ。

「俺がぶた箱に……」

小田はうろたえ、右の指先で軽く摘んでいた盃の酒をカウンターの上にこぼした。

大和日報のサツ記者として鳴らした己が、警察に捕まってぶた箱にぶち込まれることになるなんて、小田にとっては想定外の一大事だった。

「そりゃあそうですよ。知事の怒りを買えば、県警は即刻先輩を逮捕し、ぶた箱へぶち込みますよ。だから先輩、七月号の発行は取り止めにするんですよ！　発行してはなりません！」

岬は小田の方に向き直り、語気を強めて発行を取り止めるように必死に促した。

新聞記者として、駆け出しのころに世話になった先輩だけに、ペンの過ちだけは犯してほしくなかった。

「そうはいっても、明日の夕刻には刷り上がるし……　芝崎社長からは、本が出来上がったら、一刻も早く書店の店頭に置いてもらうようにと言われとるし」

動揺した小田は、弱々しい声で独りごとのようにつぶやく。

「社長が何ですか！　発行して責任が問われるのは、芝崎社長ではなく、小田先輩なんですよ！　今、この場から印刷所へ電話して作業を中止させるべきです！　芝崎社長には、明日にでも事情を話せばいいじゃないですか！」

岬は、心を鬼にして先輩の小田を怒鳴り付けた。

「そうやなあ。君の言うとおり、発行したら大変なことになるなあ。岬君、悪いけど事務所へ戻るわ」

小田はそそくさと腰を上げた。

「それがいいですよ。ここの勘定は僕がしますから、どうぞ事務所へ戻って下さい」

「すまんな。この礼はいつかまた……」

小田はカウンターに座った岬に一言言い残すと、やせこけた背中を丸め慌ただしく店を出て行った。

岬は、底にわずかばかりの酒が残ったカウンターの盃に右手の指先を添え、ほっとした気持ちで小田の後ろ姿を見送ったが、これが小田との今生《こんじょう》の別れになろうとは、神ならぬ身の岬には知る由もなかった。

逃亡

居酒屋で小田と岬との間でひと騒動があった翌日、芝崎は何時もより二時間も早く、午前十時前に大和日報の本社にラクダ色のズボンに白い半袖のワイシャツ姿で現れた。

社長室では、淡い水色のブラウスを着た中年の女性秘書が、雑巾で芝崎の執務机の上を丁寧にふいているところだった。

「お早うございます。あの、今日は朝から特別のご予定がありましたでしょうか」

慌てて机から離れた女性秘書が、恭しく頭を下げながら芝崎の顔色をそっとうかがう。

「いや、特にないが……。君、〈風見鶏〉の事務所に電話して、小田君に来るように言うてや」

芝崎は、社長室の戸口に置いてあるハンガーの上部に白いソフト帽を掛けながら、せわしなく女性秘書に命じた。

「分かりました」

女性秘書はハンガーの傍らにある、スチール製の自分の机に座ると、卓上の電話の受話器を握り〈風見鶏〉の事務所へ電話を掛けた。

芝崎は執務机に深々と腰を下ろし、厚い唇をぎゅっと引き結び、宙を睨んでいた。

木村を標的にした医大の不正入学問題を特集した〈風見鶏〉の七月号が、夕方には製本されて手元に届き、明日から県内の書店にも並べられると思うと、年がいも無く熱い興奮を覚えた。

「社長、あのう、小田さんは事務所に見えていないそうです。代わりに、机の上に芝崎社長宛ての封筒が置かれているそうで、事務員の女性がこれから持参するそうです」

芝崎の机の前に、うつむき加減に立った女性秘書がためらいがちに小声で言った。

「何、小田君はおらんで、わし宛てに封筒が置いてあるて……」

芝崎は何となく胸騒ぎを覚えた。

《小田の奴、肝心要な時におらんで、わしに置き手紙とは》

芝崎は白髪交じりの太いまゆを曇らせ、じりじりした気持ちで手紙が届くのを待った。

国鉄奈良駅に程近い大和日報の本社と〈風見鶏〉の事務所がある近鉄奈良駅前の雑居ビルとの間は、大人の足で歩いて十数分の距離だが、紺のスカートに白い半袖のブラウス姿の若い女性事務員が社長室に姿をみせたのは、芝崎にとっては半時間以上も立ってからのように思えた。

　二十歳前後の事務員はこわばった表情で、執務机に座った芝崎の前にやって来ると深々と一礼した。

　そして、胸の前に両手で抱いていた大判の縦長の茶封筒を芝崎に恐る恐る差し出した。小麦色のつるつるした額に汗が滲んでいる。

「ご苦労さん」

　芝崎は事務員にねぎらいの言葉を掛け、表《おもて》書《が き》に〈芝崎社長さま〉と黒のボールペンで記した茶封筒を、無造作に右手で受け取った。

　封筒は月刊誌〈風見鶏〉の郵送に使用しているもので、表側の下部に雑誌名と事務所の所在地と電話番号が表示されていた。

「小田君からは、事務所に電話も無いのか」

　芝崎か封筒を手にしたまま事務員に尋ねる。

「はい。何の連絡も無いので、午前十時過ぎに奥さまの勤め先の病院の方へ電話をしたのですが、自宅のアパートにも昨夜は戻られていないそうです」

まだ独身の事務員は小声で応えた。

　小田の女房は奈良市内の病院の看護婦で、三つになる一人息子を市内の保育所に預け、昼間は働きに出ていた。

「そうか、家にも帰っとらんのか」

　芝崎はうつむき加減に、ぼそっとつぶやいた。

「はい」

事務員が小声で相槌を打った。

「もう、事務所へ戻っていいわ。小田君から連絡があったら、僕の方に電話するように言うてや」

「分かりました」

事務員は芝崎にお辞儀をし、社長室を静かに出た。

芝崎は、右手に持った茶封筒をしげしげと見た後、机の引き出しから取り出した挟みを使って封筒の上部を開封した。

封筒の中に入れられていたのは、〈風見鶏〉の編集に使用している二十字、十行の縦書きの桝目の原稿用紙三枚で、右肩をクリップで閉じていた。

一枚目の最初の行に黒のボールペンで芝崎の宛て名が書かれ、二行ほど空けてから、自分独りの唐突な判断と身勝手な行動を詫びる小田の気持ちが書き記されていた。

《一体何事ぞ》

芝崎は不審の念を抱きながら、一枚目をめくって二枚目の原稿用紙に目を移したが、途端に色を失った。

木村県政追及の切り札として、芝崎が熱い期待を膨らませていた医大の不正入学に関する〈風見鶏〉の特集記事が、名誉棄損として木村側から訴えられ、雑誌が発行停止になる恐れがあるので、書いた原稿を印刷業者から自分の手元に引き揚げた。七月号は特集記事抜きで製本するように業者に指示したと、事の次第を簡潔に述べているのだ。

芝崎は呆然として言葉がなかった。

何ともはや、木村の牙城へ向けて、今まさ

にぶっ放そうとしていた大砲の弾を、小田が独断で抜いてしまったのだ。

怒り心頭に発した芝崎の顔は満面朱を濺《そそ》ぎ、眼鏡の奥の両目は吊り上がっていた。

小田の置き手紙を摘まんだ両手の指先は小刻みに震えていた。

芝崎は夕方近くまで社長室に閉じこもり、憤懣《ふんまん》やるかたない思いで小田からの連絡を待った。

参議院選挙の投票を翌日に控え、選挙カーや政党の街宣車が表の通りをマイクでがなり声を上げながら頻繁に往来したが、小田からは何の音沙汰もなかった。

頼みにしていた〈風見鶏〉の女性事務員からの電話もなかった。

芝崎は何時もより早く専用車で帰宅の途に就いた。

芝崎の命に背いて敵前逃亡した、小田の消息は杳《よう》として掴めなかった。

豹変

参議院選挙は、野党が議席を増やし保革伯仲の選挙結果となったが、保守色が強い奈良県は民自党の長老である谷本が革新系の野党候補に完勝し、五期連続当選を果たした。

谷本は芝崎の旧制中学の大先輩で、古希を過ぎてなお意気軒昂としていたが、還暦を前にした後輩の芝崎は意気消沈していた。

医大の不正入学問題をネタにして、木村県政打倒へ乾坤一擲の大勝負を挑もうと闘志をたぎらせていたところが、土壇場になって肝心要の〈切り込み隊長〉の小田が、怖気づいて敵前逃亡し、宿願を果たす絶好の機会を逃してしまったのだ。

それればかりではなかった。

とんでもないビッグニュースが、失意の芝崎に追い撃ちを掛けたのである。

奈良市が、中国西安市との友好都市提携を記念して建設を進めていた、第二次大戦で戦死した日本人の英霊の方々と、日本軍との戦いで亡くなった中国の人々を共に祀る「敵・味方供養塔」が完工してまもない、お盆明けのことだった。

早朝、芝崎が吉野の自宅で起き抜けに手にした大和日報の一面の左肩に、知事の木村が奈良市役所に立ち寄り、市長室で中沢と懇談したという記事が掲載されていたのだ。

市政担当の記者が書いたわずか二十行足らずの記事だが、それによると、木村が市役所を訪れたのは盆の中日の夕方で、市長室で中沢と二人だけで十分間ほど懇談したという。

中沢は「西安市との友好都市提携の記念事業であった供養塔が、日赤奉仕団の方々の献身的な努力で完成し、ほっとしていたところに木村知事さんが突然やって来られた。雑談しただけで格別のことはない」と語っているが、市の幹部の《奈良阪開発に関して話し合われたのではないか》とコメントが添えられていた。

縮《ちぢみ》織りの半袖の肌着にステテコ姿で、縁側であぐらをかいて記事に目を通していた芝崎は、これで中沢の知事選出馬は完全に無くなったと思った。

県政界の頂点に知事として長年君臨する木村が、事も有ろうに、政敵で犬猿の仲であった、自分より十以上も年下の奈良市長の中沢の元へ自ら足を運んだのだ。

県庁と猿沢池の畔にある奈良市役所は、奈良公園を挟んで目と鼻の距離だが、過去の知事選での確執や怨念を背負って対峙する両者にとっては、近くても遠い距離だった。

しかも、新庁舎建設のネックとなっている奈良阪開発を許可する意向を直接語ったというではないか。

供養塔の建設に象徴されるように、人の道を殊の外大事にし、義理人情に厚い中沢が、木村に感謝こそすれ、義に背いて知事選で木村の敵に回ることは、万に一つも考えられなかった。

阪奈和合併を実現するために、中沢を知事選に担ぎ出して木村を打倒する——。

大和日報の社長に就任して以来抱き続けてきた芝崎の野望は、木っ端微塵《ぱみじん》に打ち砕かれたのだ。

芝崎は悔しくてたまらなかった。

二十行足らずの記事が恨めしくもあった。

それと同時に、紳士然とした風貌で、いささかも人におもねることのない木村のしたたかさと、豹変ぶりに舌を巻いた。

　己より年齢もはるかに若く、しかも格下の中沢の元に自分の方から出向いて、中沢が待ち望んでいた奈良阪開発を県として許可する意向を述べたのである。

　韓信《かんしん》の股くぐりにも似た木村の行動は、芝崎ばかりか、県民の意表に出たものだった。

　重苦しい気分で奈良市の本社に出社した芝崎は、総務局長を社長室に呼び、しかつめらしい表情で「十一月初旬に予定した社長就任十周年の祝賀会の発起人に木村知事になってもらいたいので、知事さんにその旨お願いしてほしい。日取りや場所も知事さんの意向を聞いて決めてほしい」と申し付けた。

　また、夕刻には県政記者の岬から、木村が突然、市長室の中沢の元を訪れたいきさつなどを聞いた。

　岬の取材によると、中沢の元を訪れるように木村に持ちかけたのは、県会議長の鬼貫だという。

　岬が親しくしている、鬼貫の取り巻きの県議の一人から聞いたオフレコの話では、知事室に鬼貫が出向き、知事選を巡る中沢陣営や中沢本人の今後の出方を懸念して次のようなことを木村に申し述べたという。

　一つは、中沢が力を注いだ奈良市の〈敵・味方供養塔〉が近々完成するが、それを契機に知事選へ向けての中沢陣営の動きが活発になる恐れがある。

　もう一つは、市長の中沢本人も西安市との友好を記念した事業が一区切りついたことで、次は奈良阪開発を自分の手で進めようと色気をみせるかもしれないという、鬼貫自身の見方だった。

その上で鬼貫は、中沢の知事選出馬を封じ込めるために、大相撲の横綱を引き合いに出してこんな風に言ったという。

「知事さん、大相撲の横綱が本場所の土俵で、平幕の力士を土俵の下に投げ飛ばしまっしゃろ。しかし、投げ飛ばした力士をそのままほっといて、行司の勝ち名乗りを受けまへんわな。土俵の上から、土俵の下の平幕の力士に手を差し伸べて、土俵の上に引っ張り上げてやりまっしゃろ。さすが横綱ですわ。人間としても横綱ですわ。口はばったいようですが、知事さんは、奈良県のいわば横綱ですわ。中沢市長は平幕の市長で、奈良阪の件で、知事さんから土俵の下に放り出されたんですわ。どうでっしゃろ。ここは一番、知事さんが奈良県の横綱として、平幕の中沢市長に奈良阪で救いの手を差し伸べはったらと思うのですが」

木村は、鬼貫の助言に対して、口元に笑みを浮かべ「議長、ありがとう」とただ一言礼を述べただけだそうだが、大相撲の横綱の品格のある土俵態度を引き合いに出し、中沢への働き掛けを促した鬼貫の言葉が、超然として県政界の頂点に長年君臨している知事の木村を動かしたのだ。

岬の話を聞いた芝崎は、悪知恵に長《た》けた寝業師として、同僚や上に立つ者を陥《おとし》れ、県政界の実力者にのし上がった鬼貫の手並みに、日ごろの疎ましい嫌悪の情も忘れて感じ入った。

一場の夢

市役所の市長室に中沢を電撃訪問してから二十日余り、知事の木村は折りから開会中の九月定例県会で、四カ月後に迫った次期知事選に出馬する意向を初めて公式に明らかにした。

また、懸案になっていた奈良市の奈良阪開発について、下流の京都府側の同意を条件に、県として開発を許可する方針を述べた。

一方、市政記者との会見で知事選への立候補の意思を問われた中沢は、自若《じじゃく》として「早春の梅は選ばず。陽春の桜を想う」と述べた。

春の百花に先駆けて花開く梅の時期に行われる知事選挙には立候補せず、桜の四月に行われる統一地方選挙の市長選にと思っているとの意である。

般若心経を日々読誦《どくじゅ》するなど、経典に馴れ親しんでいる中沢らしい表現だった。

十一月の初旬、奈良市内のホテルで開催された芝崎の社長就任十周年を祝う祝賀会は、次期知事選へ再び立候補することを正式に表明した知事の木村と、知事選出馬を見送ることにした奈良市長の中沢との手打ち式でもあった。

社長就任十周年の祝賀を、木村打倒を目指して知事選へ打って出る中沢の決起集会にと目論んでいた芝崎にとっては、苦渋に満ちた何とも皮肉な巡り合わせだった。

だが、芝崎はそんな心のうちはおくびにも

出さずに、仙台平の縞の袴に黒羽二重の羽織という格式ばった装いで、仮設のひな壇のわきに用意されたいすに悠然と腰掛けていた。

ずんぐりとした胴長の腹は迫り出し、還暦を目前にした年相応に、坊主刈りした頭の毛も薄くなっている。

ひな壇の前のテーブルには七選をほぼ手中にした知事の木村、木村と奈良市長の中沢の間を仲介した県会議長の鬼貫、県選出の国会議員らが顔を揃えている。

また、隣り合ったテーブルでは、黒っぽい背広を窮屈そうに着込んだ中沢や商工会議所会頭、地元銀行の頭取らの姿があった。

発起人を代表して木村が満面に笑みをたたえながら祝辞を述べた後、壇上の中央のマイクの前に立った芝崎が、眼鏡越しに鋭い眼光を飛ばしながら力強く謝辞を述べた。

「奈良県民のために日夜努力され、保守系の知事さんとしては、全国で初めてとなる七度目の当選を目指して頑張っておられる木村知事さんから、過分のお祝いと温かい励ましのお言葉を賜わり、大変有り難く、光栄に思っています。お隣り中国の三国志の英雄、曹操《そうそう》のことは、皆さまもご承知のことと存じますが、その曹操の漢詩に〈老驥《ろうき》は櫪《うまや》に伏すとも　志は千里にあり　烈士は暮年《ぼねん》になるも壮心《そうしん》は已《や》まず〉との一節があります。不肖、私も間もなく還暦を迎える身ではありますが、奈良県の明日に夢を抱きながら、曹操の気概を胸に大和日報の発展に精進して参る所存です」

大和日報の社長に就任してから十年――。

奈良県の経済的発展と過疎化に喘ぐふる里

吉野の復興のために、中沢新知事の誕生と阪奈和合併の実現を目指しながらも果たし得なかった、芝崎の精一杯の強がりだった。

（完）

【著者】
古京　遥（こきょう・はるか）
昭和１９年、大分県臼杵市生まれ。
早大第１文学部卒。
〈本名〉渡辺　忠夫（元奈良新聞社代表取締役社長）

古都に吠える――地方紙奮闘

2018年 9月19日　初版印刷
2018年10月10日　初版発行
著者　古京　遥
発行者　靍井忠義

発行所　有限会社　青垣出版
〒636-0246 奈良県磯城郡田原本町千代３８７の６
電話 0744-34-3838 Fax 0744-47-4625
e-mail wanokuni@nifty.com
http: //book.geocities.jp/aogaki_wanokuni/index.html

発売元　株式会社　星雲社
〒112-0005 東京都文京区水道１－３－３０
電話 03-3868-3270 Fax 03-3868-6588

印刷所　モリモト印刷株式会社

printed in Japan　ISBN978-4-434-25101-6

青垣出版の本

奈良を知る

ISBN978-4-434-13771-6

日本書紀の山辺道《やまのへのみち》

靍井 忠義著

三輪、纒向、布留…。初期ヤマト王権発祥の地の神話と考古学。

四六判１６８ページ　本体１，２００円

奈良を知る

ISBN978-4-434-15561-1

日本書紀の飛鳥

靍井 忠義著

６・７世紀の古代史の舞台は飛鳥にあった。飛鳥ガイド本の決定版。

四六判２８４ページ　本体１，６００円

奈良の古代文化①

ISBN978-4-434-15034-0

纒向遺跡と桜井茶臼山古墳

奈良の古代文化研究会編

大型建物跡と２００キロの水銀朱。大量の東海系土器。初期ヤマト王権の謎を秘める２遺跡を徹底解説。

Ａ５変形判１６８ページ　本体１，２００円

奈良の古代文化②

ISBN978-4-434-16686-0

斉明女帝と狂心渠たぶれごころのみぞ

靍井 忠義著
奈良の古代文化研究会編

「狂乱の斉明朝」は「若さあふれる建設の時代」だった。百済大寺、亀形石造物、牽牛子塚の謎にも迫る。

Ａ５判変形１７８ページ　本体１，２００円

奈良の古代文化③

ISBN987-4-434-17228-1

論考 邪馬台国＆ヤマト王権

奈良の古代文化研究会編

「箸墓は鏡と剣」など、日本国家の起源にまつわる５編を収載。

Ａ５判変形１８４ページ　本体１，２００円

奈良の古代文化④

ISBN978-4-434-20227-8

天文で解ける箸墓古墳の謎

豆板 敏男著
奈良の古代文化研究会編

箸墓古墳の位置、向き、大きさ、形、そして被葬者。すべての謎を解く鍵は星空にあった。日・月・星の天文にあった。

Ａ５判変形２１５ページ　本体１，３００円

奈良の古代文化⑤

ISBN978-4-434-20620-7

記紀万葉歌の大和川

松本 武夫著
奈良の古代文化研究会編

古代大和を育んだ母なる川―大和川（泊瀬川、曽我川、佐保川、富雄川、布留川、倉橋川、飛鳥川、臣勢川…）の歌謡（うた）。

Ａ５判変形１７８ページ　本体１，２００円